Johann August Weppen

Der hessische Offizier in Amerika

Ein Lustspiel in drei Aufzügen

Johann August Weppen

Der hessische Offizier in Amerika
Ein Lustspiel in drei Aufzügen

ISBN/EAN: 9783744633819

Hergestellt in Europa, USA, Kanada, Australien, Japan

Cover: Foto ©Andreas Hilbeck / pixelio.de

Weitere Bücher finden Sie auf **www.hansebooks.com**

Der Hessische Officier in Amerika.

Ein Lustspiel in drey Aufzügen,

von

J. A. W.

Göttingen, 1783.

Personen.

Feldberg, ein Hessischer Lieutenant.
Andres, sein Bedienter.
Hut, ein Corporal.
Eduard.
Mis Betty, Eduards Schwester.
Ginny, deren Kammermädchen.
Doktor Stambold.
Didier, ein amerikanischer Officier.
Madam Didier.
Bediente.

Erster Aufzug.

(Die Scene ist in einer Stadt in Nord-Amerika, auf der Gasse vor einem großen Hause.)

Erster Auftritt.

Feldberg. Andres.

Feldberg.

Gottlob, daß wir einmal hier sind! Aber hungrig, durchnäßt und durchkältet — Andres, weißt du keinen Rath?

Andres. Ich? ich sollte Rath wissen? Ja, wenn wir in unserm Vaterlande wären, da ist doch in den Wirthshäusern wenigstens Rührey und Biersuppe ex tempore zu haben. O das liebe Vaterland! Hat mich der Henker geplagt, daß ich Ihnen gefolgt bin, in so ein vermaledeites Hungerland. Hätte ich mir das doch nimmermehr träumen lassen. Ich glaubte, hier wär' alles voll auf. Dachte so, da schiessen sie wohl mit Eyerkuchen und Bratwürsten — Aber, Andres, Andres, du hast dich mächtig geirret. Die Kanonkugel, die neulich bey Ihnen vorbey in den Eichbaum geflogen kam — ich habe sie genau betrachtet, es war keine Blasenwurst — es war eine natürliche Bleykugel.

Feldberg. Ey halts Maul! Hast du denn nichts mehr von dem gebratnen Huhne, das wir aus dem nächsten Dorfe, 20 englische Meilen von hier mit nahmen. Du weist, ich habe kaum eine Keule davon gegessen. Kaum hatte ich einen Bissen in den Mund gesteckt, als Lerm geschlagen ward.

Andres. Ja, wenn ich ein Narr gewesen wäre. Wuste ich denn, wie der Scharmützel ausfiel? Wenn wir nun geschlagen wären, so hätten die Riflemen unser schönes gebratenes Huhn gefressen. Nein, dacht' ich, dafür solls Andres selbst essen. Und sehen Sie, Herr Lieutenant, ich bin niemals hungriger und durstiger, als wenn Sie in — Attakt gehen. Da weis ich für Angst nichts anzufangen, als daß ich esse und trinke — wenn ich anders was habe, versteht sich — und so vergeht die Angst.

Feldberg. Eine schöne Beschäftigung — O Louise, Louise, wüßtest du um meine Geschichte von dieser letzten bittern Expedition! Sicher weintest du mir zu Lieb ein Thränchen.

Andres. Ja das Thränchen wird Ihnen was helfen — Ich weis auch nicht, Herr Lieutenannt, was Sie zu dem so wunderbaren Entschlusse gebracht hat. Sie hätten sich können so weich betten, hätten da diesen Winter bey dem alten gutherzigen Metropolytan
beym

beym warmen Ofen zubringen, und den ſchönen Kna=
ſter rauchen können. — Sie ſind auf Univerſitäten ge=
weſen, und haben doch vermuthlich ganz ausgelernt,
ſind doch vermuthlich auch ſchon losgeſprochen, und
können doch vermuthlich nun das Studiermacherhand=
werk? Hätten alſo auch vermuthlich wohl einen Dienſt
gekriegt — und denn hätten Sie ihr Louischen neh=
men können. — Es iſt doch bey meiner Seele eine
hübſche Mamſell — und meine Grethe auch —
zwar keine Mamſell nicht, aber für mich ſo gut,
als die beſte Mamſell. Es war ſchon alles richtig
zwiſchen uns beiden. Da ich aber merkte, daß ich
zum Soldaten ausgenommen werden ſollte, dacht
ich, ſollſt doch lieber Packknecht werden. Bey der
Bagage iſts doch immer nahrhafter und ſicherer,
und das Leben iſt lieb. Sehn Sie, ſo kam ich bey
Sie. O was das für ein Abſchied war, von mei=
ner lieben Grethe. Wenn ich noch daran denke, ſo
heult mir das Herz im Leibe. — Lebe wohl liebe
Grethe, ſagt' ich, und werde mir nicht untreu, ſagt'
ich, ſobald ich kann, komme ich wieder, ſagt' ich,
und dann bringe dir eine Fikke voll Gold mit, ſagt'
ich — Ja hat ſich wohl — Gold mit zu bringen.
Habe noch keine Goldklumpen finden können, ſo viel
Müh ich mir auch gegeben. — Aber was Sie für
Urſachen haben, Herr Lieutenant, wie geſagt. —

Feldberg. Die brauchſt du nicht zu wiſſen. —

Andres. Weis doch wohl was davon, Herr
Lieutenannt — weis doch was Sie bey unſerm gnä=
digſten Herrn Landgrafen in Caſſel gemacht haben.
Nicht wahr? wegen ihres Herrn Papa? der ——
der —

der — wie soll ich sagen, Ihr Herr Papa der Herr Rentmeister —— (der Lieutenant bedrohet ihm) soll ein Bischen zu viel Krimpmaaße in seiner Casse gehabt haben — nun, wir wissens ja wohl! Was können Sie denn dafür, daß ihr Herr Papa abgesetzet ist —

Feldbertz. Schweig Kerl!

Andres. Und nach dem Spannenberge gebracht ist —

Feldbertz. Willst du's Maul halten! — Verwünschter Kerl.

Andres. Recht gern, Herr Lieutenant. — Nun aber, das war ja recht schön und gottesfürchtig von Ihnen gehandelt, nach dem vierten Gebot, — daß Sie zu unserm Herrn Landgrafen giengen und ihn bathen, er möchte Ihnen doch die Liebe erzeigen, und ihren Herrn Papa los lassen, Sie wollten ihm auch mal wieder eine Gefälligkeit erzeigen, und da sagte der Herr Landgraf, — sehen Sie ich weiß wohl alles — Sie möchten die Güte haben und Kriegsdienste nehmen; Sie wären so ein hübscher Mensch, — und sollten gleich Officier werden, — und ihren Herrn Vater wollt' er los lassen —

Feldberg. Narr! Wer hat das gesagt? Zwar etwas ist daran. Das große Zutrauen, daß mein Vater auf seinem Schreiber setzte; hat ihn in das Labyrinth gebracht. — Doch ich hoffe mit Gott, er soll nicht lange drinn bleiben! (Er seufzt) Aber, Andres, es ist doch hier ein ziemlich großer Ort, — schöne Häuser, — viel Getümmel und wohlgekleidete Leute, — sollte denn für Geld und gute Worte

re nicht ein Mund voll Essen zu haben seyn. —
Geh mal in die Stadt und siehe zu!

Andres. Ja die Leute werden hier den Hessen was aufschüsseln, wenn ich in ihrer Stelle wäre, ich wollte bald was kriegen. — Indessen, ich will mal zusehen.

Feldberg. Geh nur! aber ja nichts mit Gewalt. —

(Andreas geht ab, und singt)
Ihr Leute wir kommen aus Hessen
Ist in Amerika
Für uns denn nichts zu Essen
und nichts zu Trinken da?
Wir kommen nicht als Feinde
Doch gebt uns Braten und Wein
So sollt ihr Herzensfreunde
und Bundsgenossen seyn.

Zweyter Auftritt.

Feldberg (allein.)

Ich bin wirklich in einer höchst traurigen Lage. — Die weite Entfernung von einem geliebten Gegenstande, von einem Mädchen, das mich mit solcher Wärme liebt — ohne Hoffnung, sie sobald wieder zu sehen; o vielleicht seh ich sie in meinem Leben nicht wieder — und denn der Kummer über das Unglück meines Vaters. — Es ist wahr, er ist auf freyen Füssen! — Aber nahrungslos! was wird er, was wird meine beste Mutter anfangen. —

Wär' es nicht die Theilnehmung an den Leiden meines Vaters, die Dankbarkeit gegen unsern gnädigsten Fürsten, und auch gewissermaßen der Schimpf gewesen, den ich über meines Vaters Absetzung empfand; ich hätte mich nie aus meinem Vaterlande entfernt, nie das liebe holde Mädchen verlassen. — Ein jugendlicher nicht wohl überdachter Einfall war's wohl, wie sie mir schrieb, sie wolle Gelegenheit suchen, mir in diesem Welttheil zu folgen. — Vermuthlich hat sie meine Antwort schon — Gott, wie könnt' ich das zugeben — Nein in keinem Betracht. — Was für Elend, was für Gefahren würde sich das liebe Kind aussetzen. — Auch würde meine Delikatesse darunter leiden, so gros auch diese Probe ihrer Liebe wäre. Nein, da sey der Himmel vor — Es ist auch gar nicht wahrscheinlich — Ihr guter Vater und ihre Angehörigen werden das ja niemals zugeben — O Louise, Louise, wann werd ich wieder in deine Arme fliegen? wenn werd ich dich an dieses treue Herz drücken? das auch in diesem entfernten Welttheile ganz dein ist — und noch so rein ist von allen Vorwurf verletzter Treue, als ich mir das Deinige wünsche. — Aber was heißt das? So lange ich hier stehe, werde ich von 2 Personen aus diesem grossen Hause wechselsweise betrachtet — vermuthlich sind das Mann und Frau — Ein paar Glückliche, die bisher in Ruh und Ueberfluß gelebt — Welche geschmackvolle Pracht eines Wohnhauses, oder vielmehr Pallasts. Alles, was ich hier sehe, verkündigt einen glänzenden und soliden Reichthum des Bewohners — Doch was stehe ich

da

da, und laſſe mich begaffen — Ich kann die allzu
neugierigen Leute nicht ausſtehen — Zwar verdie-
nen ſie einige Entſchuldigung. Sie haben noch wohl
ihr Lebe keinen Heſſen geſehen — Auch muß es ſie
befremden, daß ich vor ihrem Hauſe ſo lange ver-
weile. Kähren nur erſt die beiden Unterofficiere zurück, denen ich entgegen ſehe! Doch ich will auch
nicht länger warten — und ſehen, was mein Commando macht — Schon wieder läßt Madam ſich
ſehen — Ein allerliebſt Geſicht — Wahrhaftig.
(Er geht vor dem Hauſe vorbey, macht ein anſtändiges
Kompliment nach dem Fenſter hin und geht ab)

Dritter Auftritt.

Ginny (allein.)

(Sie ſpricht nach dem Fenſter hin.)

Ich muß doch das Wunderthier auch mal ſehen —
das iſt ein Gerühme geweſen da drinnen von der andern Welt. Ein ſchöner Jüngling, hieß es, ein wohl-
gewachſener Officier — ein feiner Menſch; ſieh mal
Bruder wie ihm die Montirung ſteht, ſo giengs immer in eins weg, und ich armes Mädchen muſte da
bey der Kammerthür ſitzen und nähen, durft ja nicht
heraus gucken; das ließ der Wohlſtand, der Reſpeckt
für Sie und Ihren Bruder nicht zu, daß ich mit
Ihnen beiden zugleich heraus ſahe — Sie können
denken, was das für eine Marter war — Ich kann
ſonſt keinen Wagen rollen, keinen Hund bellen, keine Katze mauen hören, daß ich nicht ans Fenſter

laufe. Zur Schabloshaltung will ich den schönen
Hessen hier nachsehen. In Wahrheit Sie haben recht,
Mis, ich lasse ihren Geschmacke Gerechtigkeit wie=
derfahren. Ach, Mis, wären Sie doch hier auf
der Gasse — Jetzt stellt er sein Commando, jetzt
theilt er Ordres aus — Alle die Manöveres und
das Ansehen, das er sich dabey giebt, würde seinen
Reitzen noch ein merkliches ihren Augen zusetzen —
O kommen Sie — ich bitte Sie. (Bey Seite) Das
wäre mir herzlich lieb, wenn meine Miß auch ein=
mal verliebt würde — Ich würde vieler Kritiken
überhoben seyn — Sie ist eine herzensgute Mis,
aber für ein junges Mädchen ein Bischen zu ernst=
haft. —

Vierter Auftritt.

Mis Betty. Ginny.

Ginny. Sehen Sie, Mis, dort am Markte,
da können Sie das ganze Commando sehen.

Mis Betty. Und den Officier auch? Doch da
ist er ja! Also gefällt er ihr, liebe Ginny? Das
freut mich — Nun hab' ich sie nochmal so lieb. Ich
habe sonst noch nicht viel Ueberzeugung von ihrem
guten Geschmacke gehabt, aber jetzt —

Ginny. O Mis, wir können nicht alle gleich
schön seyn — Auf mich macht vielleicht ein Jüngling
der den vierten Theil, oder wenn's hoch kommt,
halb so hübsch ist, als dieser Hesse, eben den Ein=
druck als der auf Sie — Das geht alles nach einem

gewiſſen Maaßſtabe, bin ich doch mit Ehren zu melden, auch etwa nur den vierten Theil oder höchſtens halb ſo ſchön wie Sie — Sehn Sie meine Beſcheidenheit. Ich bin doch immer auch noch ein hübſches Mädchen.

Mis Betty. Weis ſie was, Ginny? der arme Officier dauert mich? Nach einem ſo weitem Marſche, bey ſo unfreundlicher Witterung, hat der gute Menſch wohl nicht einen Biſſen warm Eſſen. —

Ginny. O ihre Menſchenliebe entzücket mich. —

Mis Betty. Ich denke, wir wollen ihn zum Eſſen laden. Mein guter Bruder wird ja nichts dawider —

Ginny. Wie ſollte der nicht ſeiner lieben Schweſter zu Gefallen eben ſo mitleidig ſeyn — Und haben Sie nicht wenigſtens eben ſo viel hier im Hauſe zu ſagen, als er. —

Mis Betty. Geh ſie geſchwind mal in die Küche — Sag ſie dem Koche, er ſoll noch einen kräftigen Fleiſch-Pudding machen — die Auerhan-Paſtete nicht vergeſſen, und gleich den Rehbraten anlegen, der auf Uebermorgen beſtimmt war. —

Ginny. Ganz wohl, Mis! Soll ich nicht auch an den Küper was beſtellen? Mich dünkt, ſo ein Gläschen alter ſpaniſcher Sekt, oder Kapwein würde ihm nicht übel bekommen.

(Ginny geht ab.)

Fünf-

Fünfter Auftritt.

Eduard. Mis Betty.

Eduard. Ha ha ha ha! Nun das gefällt mir. Noch immer dem Officier nach gegukt — Schwester, Schwester, wenn ich nicht deine nonenmäßige Gesinnung kennte; so dächte ich, du hättest ein Auge auf den Officier.

Mis Betty. Bruder, wie kannst du das denken — zwar — das muß ich dir gestehen, daß ich noch keine Mannsperson jemals gesehen, deren Wuchs, Gesichtsbildung und Anstand mir besser gefallen — so gleich beym ersten Anblick gefallen.

Eduard. Also auch nicht Lord Mosthon?

Mis Betty. Nein, gar nicht, Bruder, der ist mir zu wild — zu rauschend, zu frey.

Eduard. Auch nicht Sir Hargrave? das ist doch ein gar feiner Jüngling. —

Mis Betty. Ja das ist er, aber ein wenig zu jungferlich — zu empfindsam — Mit einem Worte Bruder, du weißt, gegen dich habe ich nie ein Geheimniß gehabt — Ich kann dirs nicht beschreiben — Ich bin nun gestern ins zwanzigste Jahr getreten. Aber noch nie habe ich dergleichen empfunden. Erinnre dich, wie dir zu Muthe war, als du deine schöne Kanadierin das erstemal am Jahrmakt sahest.—

Eduard. Also würde ich nun wohl wegen deiner Spöttereyen gerächet — Aber weißt du auch, liebe Schwester, aus meiner Erfahrung, daß der Schein trügt, weißt du, daß die schöne Kanadierin nicht

die-

diejenige war, wie ich bald inne wurde, womit mein Herz sympathisiren konnte. —

Mis Betty. (Seufzt, und siehet nach der Seite des Marktes hin) Leicht möglich — Aber sollte dieses edle Gesicht, dieser Blick voll Würde, die Larve einer schwarzen Seele seyn. —

Eduard. Ich dachte, du wäreſt keine Freundinn der Phyſiognomick? Doch geſezt, Schweſter, der junge Mann, deſſen Anſtand auch mir außerordentlich gefällt — wäre der beſte Jüngling von der Welt — Sollte er nicht ſchon jenſeit des Meeres einem zärtlichen Mädchen gefallen haben? Sollte nicht vielleicht eine treue Heſſin ihm jetzt nachſeufzen? Und wenn nun auch ſein Herz noch frey iſt, ſollten ſeine politiſchen oder Dienſtverbindungen es zulaſſen — Doch ich weiß, du biſt viel zu vernünftig, als daß ich nöthig hätte, dir darüber weiter etwas zu ſagen — (Sie ſeufzt und ſcheint eine Thräne zu verbergen.) Alſo nichts mehr davon. Ich komme auch eigentlich nur in der Abſicht dir einen Brief vorzuleſen, den ich von meinem Freunde Didier dieſen Morgen erhalten habe. Dort im Zimmer mocht' ich ihn in Gegenwart deines Mädchens nicht leſen. Sie iſt gar zu neugierig, und wenn etwas erzählet oder geleſen wird, ſo hängt ſie ſo mit ganzer Seele daran, daß ſie mit offnen Munde und unverwandten Augen da ſitzt, und ſelbſt ihre Arbeit vergißt. —

Mis Betty. Da haſt du wohl Recht, Bruder — Aber — nun ſo lies nur. —

Edu=

Eduard. Aber du wollteſt erſt noch was ſagen.

Mis Betty. Ja — es hat keine Eile. —

Eduard. Mit meinem Briefe auch nicht — Nun?

Mis Betty. Hör einmal, Bruder, es mag nun ſeyn, wie es will. Der arme Officier dauert mich denn doch. Er hat den weiten Marſch gethan, die Witterung iſt ſo unfreundlich — unſere Tracteurs ſind nicht allemal ſo verſehen, daß man ſich eine erträgliche Mahlzeit verſprechen kann —

Eduard. Ich verſtehe dich — Wir wollen hinſchicken, und ihn zum Eſſen bitten laſſen — Es iſt ſchon mein Vorſatz geweſen. —

Mis Betty. Nun das iſt gut, lieber Eduard, man kann ihn doch wenigſtens kennen lernen — Nun ſo lies mir doch den Brief deines Freundes. —

Eduard. (lieſt.)

„Liebſter, theuerſter Freund!"

„Wenn das Glück gut iſt, ſo hab' ich in wenig „Tagen das Vergnügen, dich zu umarmen. — Ich „bin ſeit drey Wochen Soldat und Capitain einer „Compagnie Freywilliger, die ich ſelbſt geworben. — „Meine Börſe hat es gefühlt. — Ich marſchire dem „Corps Truppen, das zu Waßington ſtoßen ſoll, im„mer zur rechten Hand, durch Wälder und unwegſame „Gegenden, und kann alſo in wenig Tagen bey dir „ſeyn. — Wenn die Königlichen, wie ich hoffe, deinen „Ort noch nicht beſetzt haben, ſo ſpielen wir das „Prävemire. — Und ich, mein lieber Bruder, quar„tiere mich mit Sack und Pack bey dir ein. — Nichts „mehr verlange ich als Obdach und Lagerſtätt — nem„lich als Soldat — Als Freund aber kannſt du mir „wohl

„wohl etwas mehr zuflieſſen laſſen, da müſſen alle
„Buttertöpfe offen ſtehen, wiſſe aber, beſter, daß
„ich nicht allein komme — Ich habe einen ziemlichen
„Troß bei mir, erſtlich, ich nebſt 4 Bedienten 2 Maul=
„thieren und 4 Pferden — Macht 11 Stück, hernach
„(nun das weiſt du noch nicht, daß ich ſeit einem
„Vierteljahre verheirathet bin) meine Frau mit ihrem
„Mädchen in einer leichten Kanadiſchen Kaleſche —
„Denke einmal, Herzensbruder! wie das zugegangen.
„Wirſt du die Metamorphoſe, die mit deinem Freun=
„de Schmetterling geſchehen, glauben können? Was
„unſere ſchönen muntern Kanadiſchen Mädchen nicht
„vermochten, mein flüchtiges Herz zu feſſeln, muß
„ein fremdes Heſſiſches Mädchen thun.

Mis Betty. Ein Heſſiſches Mädchen? — das
wäre.

Eduard. (fähret fort)
„Dieſe kam mit einer Braunſchweigiſchen Gene=
„ralin von Riedeſel, eben wie ich in Boſton war, da=
„ſelbſt an. Sie ſuchte ihren Bräutigam, einen gewiſ=
„ſen — ich weis ſelbſt nicht mehr, wie er hies, und
„meine Frau mag ich nicht fragen, und ſie zu oft
„daran erinnern. In Boſton bekam ſie einige Tage
„nach ihrer Ankunft einen Brief, daß ihr Geliebter
„todt ſey. Wir waren in einem Hauſe. Ich hielt es
„alſo für meine Pflicht, ſie zu tröſten. — Es gelang
„mir. Zur Dankbarkeit gab ſie mir ihre Hand — und
„ſiehe, ſo bin ich zur Frau gekommen. Glaub mir
„Brüderchen, es iſt ein excellentes Weibchen. Sie ſoll
„dir gefallen. Ich wünſchte, daß du auch einen ſol=
„chen Schaß haben möchteſt. Mündlich ein Mehre=
res!

„res! Sollten wider Verhoffen die Königlichen deinen
„Ort schon besetzt haben, so giebts Rippenstöße —
„Lebe indessen wohl, liebster Freund, ich bin ꝛc.

Mis Betty. Ein Hessisches Mädchen! — Also
wird er nun wohl nicht kommen, da die Königlichen
das Prävenire gespielet haben.

Eduard. Aber dann wird's hier Rippenstöße
geben, schreibt er.

Mis Betty. (siehet von Zeit zu Zeit nach dem
Markte hin.) Gott im Himmel, hier bey der
Stadt — So könnten ja die armen Leute dort auf
ihren sauren Marsch sich nicht einmal ausruhen!

Eduard. Nein, Schwester, und der arme Of⸗
ficier auch nicht — Sie müssen schon von der An⸗
näherung ihrer Feinde Wind haben. Merkst du ihre
Vorsicht wohl, daß sie sich nicht einquartieren, son⸗
dern an der Hauptwache beyeinander bleiben?

Mis Betty. O die armen Leute — der arme
Officier — Ich will dirs nur gestehen, daß er mich
dauert. —

Eduard. Komm Schwester, laß uns herein ge⸗
hen, und den Küchenzettel machen!

(Er führt sie herein. Gehen ab.)

Sechster Auftritt.

Ginny. Ein Bedienter.

Hut (kommt daher getaumelt.)

Bedienter (kommt heraus.)

Ginny. (ruft ihm nach) Wohin Heinrich?

Bedienter. Den Officier bitten. Merkt Sie nichts Jungfer? (Der Bediente ab.)

Hut. (kommt etwas betrunken daher wie eben Sie Eduard und dessen Schwester ins Haus gehen. Singt) Trallera, Trallera, Sedom, Sedom, Sedom. — Hopsa da wär' ich doch um ein Haar auf die Nase gefallen — sta, mi pes, sta sta nec labere, mi pes, das ist ein verfluchtes Steinpflaster — muß man nicht gehen, als ein Storch? (Er wird die Ginny, die in die Thüre tritt gewahr) Guten Morgen, mein Schatz — Madam oder Mamsell!

Ginny. Laß ers nur beym ersten. Ich bin noch unverheirathet.

Hut. Also mein Schatz — Liebes Kindchen — Was ich Ihnen sagen wollte — sprechen Sie wohl ein Wörtchen Latein? Ego scilicet loquor latinam Linguam, bene, prior, Optime, Omnis Diphtongus Natura suâ longa est. —

Ginny. Ich verstehe nicht, sprech er deutsch, Monsieur, oder englisch — das verstehen wir hier.

Hut. Bliz und der Hagel! Sie sagt zu mir Mosjö, nennt mich Er — Wenn sie kein Frauenzimmer wären, hol mich dieser und jener, weis sie wohl, was darauf sitzt? — Als ich noch ein Bruder Studio war, da nannte mich einmal ein andrer Bursch Monsieur; schnapps hatt' er eine Maulschelle, daß ihm alle Zähne wakelten — und als ich Canditatus sacrosancti ministerii war, wie sie mich hier siehet — sacrosancti ministerii Canditatus bin ich gewesen, ich habe schon auf den Dorfkanzeln in meinem Vaterlande gejauchzt, daß es eine Art hat —

Es ist mir bey der Wiege nicht gesungen, daß ich hier in Amerika als Buzkorporal noch einmal dienen sollte. —

Ginny. Es würde auch ein poßierliches Wiegenlied gewesen seyn. —

Hut. Ja was wollt ich doch sagen — Als ich noch Kandidat war, da sollte ich Hofmeister werden, bey einem stolzen Grafen, der Geck nannte mich er; Blitz und der Hagel! das kribbelte mir im Kopfe — Ey sagt' ich Herr Graf; ich bin nicht Er — Such Er sich seinen Er, nenn Er seinen Kammerdiener Er — nicht mich, ich bin ein litteratus, und damit waren wir geschiedene Leute — Ich hätt' es da freylich recht gut gehabt, hätte recht locker leben, auch wohl demnächst eine fette Pfarre von ihm erschnappen können — wenn ich nur sein Er hätte vertragen, und untherthänig kriechen können — Aber da hab' ich den Teufel von; habe das mein Lebe nicht gekonnt, und wills auch nicht können. Zwar jetzt muß ich mirs schon gefallen lassen, daß sogar mein Lieutenant Er sagt — das leidet nun der Dienst, die Subordination nicht anders — Ja, der gute Lieutenant! Dort steht er — ich will Ihnen mal was sagen — (indem er thut, als wenn er der Ginny was ins Ohr sagen will, kommt er ins Straucheln und fällt auf sie.)

Ginny. Behüte Gott, er fällt — wollt' ich sagen, Sie fallen die Leute ja bald todt!

Hut. Pardonieren Sie! Mamsell, mein Schatz, das verdamte Steinpflaster. Mein Lieutenant hat auch studirt — O tempora, o mores! Wollte ich eigen'lich

sa-

sagen; tempora mutantur et nos mutamur in illis — da ſtandſ ganz anders mit uns. Ich war ſchon ein alter Purſch, ein Renomiſt, wie er als Fuchs angewackelt kam! maſchirte da ſo fein ſittſam mit ſeiner Mappe und ein paar Büchern unterm Arme vorbey, wenn ich im Cirkel gleichgeſinnter Brüder, das Weinglas in der Hand — mit zinnoberrother Naſe und funkelnden Augen vor dem Weinhauſe ſaß — das waren mir Zeiten — fuimus Troes. Allein was wills ſagen — Post nubilo Phoebus.

Ginny. Es iſt aber ein anſehnlicher Officier, der Herr Lieutenant dort.

Hut. Meinetwegen — Ich ſahe verteufelt dünne auf ihn herab, wenn er ſich ſo mit ſeinen barbariſchen Büchern ſchleppte — Gelernt hat der Knabe was — Aber was hilfts ihm nun? mit allen ſeinen Pandekten-Latein wird er keinen Rebellen todt machen — Zwar, das muß ich auch geſtehen, das Herz hat er an der rechten Stelle — Aber er iſt mir für einen Officier nicht munter, nicht wild genug — Schickt immer Seufzer nach Europa, nach ſeinem Mädchen franco per tout, Aber die meint, der Teufel hätt' ihn längſt geholt — wird ihn wohl ſchon vergeſſen haben. —

Ginny. Wie ſo?

Hut. Es iſt da ſo ein Briefchen hingeflogen — Hink illae lacrymae, mein Schatz die wird mal gegreinet haben. Wird in tieſer Trauer ſeyn.

Ginny. Will er ſich nicht ein Bischen deutlich erklären?

Hut. Wieder Er? Hole Sie der Teufel mit Ihrem Er, odi profanum vulgos et arceo? Nun ſoll

soll Sie auch kein Wort mehr erfahren — Wenn Sie mir aber zehn Mäulchens verspricht — oder eine Boule Punsch — so will ich ihr noch was sagen? Doch Sapperlot, da kommt der Lieutenant, still, still, kein Wort gesagt — Blitz und der Hagel, Er zieht die Fuchtel. —

(Ginny läuft hinein, und guckt zu Zeiten um die Hausthür.)

Siebenter Auftritt.

Feldberg. Hut.

Feldberg. (für sich) Der Kerl hat wieder gesoffen. Ich mag ihn jetzt nicht strafen — einen Betrunknen so wenig als einen Rasenden. Er möcht sich unglücklich machen — (laut) Nun Corporal, wo bleibt er so lange? Marsch, gleich nach der Hauptwache!

Hut. Ganz wohl Herr Lieutenant! — das kann geschehen, dictum, factum esto.

Feldberg. Wo ist denn der Sergeant?

Hut. Den hat der Teufel geholt — Herr Lieutenannt, die Nistemen oder wie die Kerle heißen! Wir kamen dort drüben nach dem Walde zu, vor einem herrlichen Wirthshause vorbey — das führte ein Weinglas im Schilde — Ich war so durstig, die Zunge klebte mir am Gaumen. Das Glas machte Appetit. Ey, sagte ich, Kamerad, hier wollen wir mal eins trinken. Er wollte nicht — Nun gut, so geh du deiner Wege — Ich trinke mein Schnäps=

Schnäpschen in pace und schlentere darauf nach — wie ich da an die Mühle komme — die dißeit des Busches ist, wo die einzelnen Häuser stehen, da begegnet mir ein wackres Mädel, eben so flink und schön wie die hier — hier im Hause, Herr Lieutenant haben Sie die schon gesehen? (Er zeigt ihm die Kammerjungfer, die geschwind zurückspringt.) Ja was wollt' ich doch sagen; das Mädel da draussen erzählte mir mit gebrochnen Worten, denn sie konnt' kein Deutsch und kein Lateinisch — die Provinzialen hätten den guten Sergeanten ins Bein geschossen und mit sich fortgeschleppet — Hätte der Narr dafür lieber ein Schnäpschen getrunken, so wäre ihm das nicht wiederfahren; so könnt er sowohl hier seyn, als ich saluus et incolumis.

Feldberg. Ist das wahr, Corporal?

Hut. Me Hercule! Bey meiner Seele! Iuro et obtestor; das Mädel hats mir gesagt, da eine halbe Stunde von hier bey der Mühle — Wird wohl des Müllers Tochter seyn — Wenn Sie's nicht glauben wollen, so will ich hingehen, und sie vor Notario und Zeugen abhören lassen, will Ihnen ein Instrument bringen.

Feldberg. Nur keine Possen! Hätte ich doch nicht geglaubt, daß der Feind so nahe wäre.

Hut. O ich auch nicht — trank mein Schnäpschen so ruhig — Aber wie ich das hörte, da riß ich aus wie Schafleder, bey meiner Ehre, nicht anders als wenn die Schnurren mit ihren Stangen hinter mir gewesen wären. Denn homo sum nihil humani a me alienum puto, ach das liebe Wirthshaus,

haus, der liebe Schnaps — hat mich gerettet — Wäre nun das Wirthshaus eine Kirche gewesen, so würde unser Herr Feldprediger grosses Aufhebens davon machen.

Feldberg. Nur fort nach der Hauptwache! Ich bin auch gleich wieder da! (Hut geht mit poßierlichen Kapriolen und singend ab.)

Achter Auftritt.

Feldberg. Andres.

(Der ein grobes Brod unter den Arme, eine Flasche in der Hand und in der andern einen Teller mit etwas schlechten Rindfleisch bringt.)

Feldberg. Nun bringst du was?

Andres. Ja es hat Mühe gekostet, das heraus zu treiben!

Feldberg. Ich hoffe toch nicht, daß du Gewalt gebrauchet hast?

Andres. Behüte der Himmel! Ich sagte nur wenn sie's nicht in Güte geben wollten, so wollten wir uns selbst schon Hülfe schaffen, und Kisten und Kasten öffnen. — Und da gaben Sie dieses freywillig und in Güte her — wollten auch kein Geld.

Feldberg. Und ich will nichts umsonst — Du sollst hingehen und es bezahlen. Da hätt' ich diesen Mittag ein fettes Diner haben können — Der Herr, der dieses Haus bewohnt, und seine Schwester haben mich auf diesen Mittag einladen lassen, mit ihnen zu essen.

essen. Ich habe es aber verbeten. Gut, daß ichs verbeten habe.

Andres. Ich weis nicht, Herr Lieutenant, was Sie für ein Mann sind. So sollte mir einer kommen. Ich würde mich nicht lange bedenken.

Feldberg. Das glaub ich dir!

Andres. Soll ich nicht etwa in ihrem Namen hingehen — denn werden sie es nicht so übel nehmen — Ich habe einmal gehört, was man durch andere thut, ist eben so gut als habe man es selbst gethan.

Feldberg. Bemühe dich nicht, Andres, wir werden so nicht lange Zeit haben, denn wie ich so eben von dem Saufaus, dem Corporal vernehme, müssen die Feinde nicht weit seyn. Mögen sie doch — Wir wollen sehen, daß wir mit ihnen fertig werden.

(Gehen beyde ab, Andres ißt das Fleisch unterwegs auf.)

Neunter Auftritt.

Wie Feldberg und Andres abgehen, kommt Heinrich ein Bedienter aus Eduards Hause, bringt einen reinlichen Korb mit allerhand Eßwaaren, hernach Dr. Stambold.

Heinrich. Sollte das wohl für einen Mann genug seyn, Braten, Backwerk, Pasteten, Wein. Nun wenn der Korb nicht einen halben Zentner wiegt, so will ich mich hängen lassen. Da kann der Herr Officier sein ganzes Commando traktiren. — Was doch unsere Mis eine vortrefliche Menschenfreundinn ist —

ist — Aber ich merks wohl, in ihre Menschenliebe mischet sich noch eine gute Portion einer andern Art Liebe — und wenn diese beyden Arten Liebe zusammen aufbrausen, so solls eine verzweifelt kräftige Mischung seyn. Eine kleine Herzens = Angelegenheit möchte ich der guten Mis wohl gönnen — Es würde unser Einer sich auch ganz gut dabey stehen. Wenn die Herrschaften verliebt sind, glücklich verliebt sind, so habens die Bediente immer gut — Wenns aber auch fehl schlägt: so fließet die böse Laune auch über uns aus. Nun, wollen das beste hoffen.

(Will mit dem Korbe abgehen.)

Dr. Stambold. (der hinter ihm herkömmt) He! Heinrich! Heinrich! wo will er denn mit dem Korbe, mit dem Korbe hin?

Heinrich. (spricht ihm nach) J, dort hin, nach dem Officier hin, nach dem Officier hin —

Doktor. Was ist denn da drinne? Was ist denn da drinne?

Heinrich. Eßwaaren, Eßwaaren.

Doktor. Schickt die sein Herr, oder die Mis? —

Heinrich. Beyde, Herr Doktor, das verstehet sich — Jener mittelbar, und diese unmittelbar. Denn weil die Mis über die Küche zu befehlen hat, so habe ich den Korb zunächst von ihr. —

(will gehen)

Doktor. Wart er doch, ich gehe mit — ich gehe mit. — O das sind ein paar orthodoxe Leute, rechtschaffene Leute, sein Herr und seine Mis — Ich habe immer einen guten Tisch in ihrem Hause, et=

nen guten Tisch — ob sie gleich meiner nicht nöthig haben, gar nicht nöthig haben — immer gesund sind — immer gesund sind als ein Fisch. Ich wollte der guten Mis wohl einen braven orthodoxen Mann wünschen. — Ich will mitgehen zu den Herrn Officier, ich will mit gehen. Er wird das doch nicht allein essen, nicht allein essen, ich will ihm die Zeit versprechen, die Zeit versprechen. —

Heinrich. Nun so kommen Sie, da werden Sie recht sein Mann seyn. Er möchte sich sonst den Magen verderben.

(gehen beide ab)

Ende des ersten Aufzugs.

Zweyter Aufzug.

(Die Scene ist in dem Eduardschen Hause.)

Erster Auftritt.

Betty allein, hernach Eduard.

Mis Betty.

Stille, mein Herz, still, ruhig! Was bist du doch für ein unerklärliches Ding? Du Herz! Hätte mir das gestern Jemand gesagt, ich sollte heute einen heßischen Officier sehen, sollte durchs Fenster in ihm verliebt werden, ich glaube, ich hätte ihm ein paar Ohrfeigen gegeben. Doch nein, so weit wär' es wohl nicht gekommen. Ich halte nicht viel von Ohrfeigen — Aber ausgelacht hätt' ich ihn ins Gesicht — Und nun ich komme mir selbst lächerlich vor — ich schäme mich vor mir selbst. Doch ist dasjenige was ich empfinde, so süs, so süs, daß ich diese Empfindung um alles in der Welt nicht wissen möchte. — Sollt' ich würklich verliebt seyn, Einen Menschen zu lieben, mit dem man noch kein Wort gesprochen — von dessen Umständen und Charakter man überall nichts weis — Sonderbar, sehr sonderbar — Und der Mann schlägt unsre Einladung aus? das ist traurig, ist keine gute Vorbedeutung, könnte ich mich doch nur in Etwas zerstreuen, daß mein guter Bruder nichts merkt! (Sie setzt sich ans Klavier) Vielleicht finde ich hier einige Zerstreuung. (Sie blättert in einem Notenbuche) Hier — nein, das ist zu lustig — ist sonst mein Lieblingsstück gewesen, aber jetzt nicht. (Sie blättert, überstehet noch einige Stücke) Hier! das wird passen:

Zu lange schon, o Liebe!
Verschloß ich dies mein Herz
Der Herrschaft deiner Triebe
Und trieb mit dir o Liebe,
Ich sichers Mädchen Scherz.
Nicht Pracht, der Ehre Flittern
Nicht Gold — nicht Schmeicheley,
Nichts konnte mich erschüttern —
Mein festes Herz blieb frey —
Doch diese edlen Züge

Der schönen Seele Bild
Bereiten deine Siege —
Ich sehs und unterliege
Mein ganzes Herz erfüllt.
(Sie hört auf zu singen) Still da kommt jemand! der Eduard —

(Eduard, der leise die Thür aufthut. Sie merkt es, macht geschwind Buch und Klavier zu.)

Eduard. Fahre fort liebe Schwester; ich habe etwas von deinem Liede draussen gehört, aber ich möcht' es gern in der Nähe hören, mich so ganz hinein denken, so recht mit empfinden. —

Mis Betty. Ach das häßliche Clavier, es ist ganz verstimmt — Also unser Gast kommt nicht — hat uns einen Korb gegeben?

Eduard. Nun dafür haben wir ihn ja wieder einen Korb gesandt.

Mis Betty. Bey allem dem Bruder, ists doch gar nicht artig von dem Officier, daß er Höflichkeiten so platt weg ausschlägt — Bald verdriests mich, daß ich mich noch ferner seinetwegen bemühet habe. —

Eduard. Das verdrießt dich? — Hat er nicht eine gegründete Ursache angegeben, warum er unsere Einladung verbitten müsse? — Konnte er sein Commando unabgelöset verlassen? — Verdiente er nicht vielmehr Tadel und Verachtung, wenn er einer guten Mahlzeit wegen seinen Dienst vernachläßiget hätte? Doch was brauch' ich sein Vertheidiger zu seyn, dein gutes warmes Herz wird mich der Mühe überheben.

Mis

Mis Betty. Ich hab' es eben zur Rede gestellet dieses Herz; es will mir noch nichts gestehen.

Eduard. Ausser was du mir vorhin selbst gestandest, daß du keine Mannsperson je gesehen, die dir besser gefallen, Wuchs, Anstand. ——

Mis Betty. (die immer im Zimmer unruhig auf und nieder geht) Habe ich das gethan? He — einer guten Mahlzeit wegen sagtest du — einer guten Mahlzeit wegen? also wäre hier im Hause sonst nichts, das ihn reitzen könnte? (Sie geht bey das Klavier und reißt aus dem Notenbuche das gespielte Stück heraus in Stücken.)

Eduard. Schwester, Schwester, was soll das? Deine Verwirrung, die Röthe deines Gesichts, deine Unstätigkeit und auch dies Zerreissen eines unschuldigen Liebes, alles dies macht einen deutlichen Abriß von der Heftigkeit deiner Empfindung. Hab' ich's nicht immer gedacht, daß es so kommen würde. Ein Mensch, der sein Lebe nicht krank gewesen, wird desto heftiger angefallen, wenn er einmal krank wird — Und so auch ein Herz, das bisher der Liebe Trotz geboten, wird die Liebe in aller ihrer Stärke fühlen.

So rächet Amor sich
Kurz oder lang
O sprödes Kind besiegt er dich
Was hilft der Zwang
Dein Herz ist krank.

ein Lustspiel.

Mis Betty. (Affektirt eine freundliche Miene, macht einen stummen etwas spötischen Knicks und geht ab.)

Zweyter Auftritt.
Eduard allein, hernach der Doktor.

O das gute Mädchen — Möchte doch der Himmel geben, daß der Officier noch frey wäre und meine Schwester ihm so gefiele, wie er ihr. Daß doch ihre Liebe glücklich seyn möchte!

Doktor. Unterthäniger Knecht, Sir Eduard, unterthäniger! —

Eduard. Ich danke sehr, Herr Doktor. Je demüthiger Sie mir mit ihrem Unterthänigen kommen, desto stolzer soll meine Antwort seyn. — Sie wissen, ich kann das nicht leiden. —

Doktor. Nun, unterthäniger, gehorsamster, ergebenster — das ist einerley, einerley, ich will mich gern bequemen, gern bequemen. —

Eduard. Wo sind Sie denn gewesen?

Doktor. Ich komme da von den Hessen, von den Hessen, sind wirklich gute Leute die Hessen, gute Leute; mein Vater sel'ger war auch aus Hessen, und mich hat der liebe Gott hieher geführet, ja hieher geführet — Nun ja, ich habe ja mein Brod hier auch, hier auch — da fällt mir immer ein, was ehemals Doktor Harris in London sagte — Das war ein orthodoxer Mann, der Doktor Harris ein orthodoxer Mann. — Wenn er nur nicht so unglücklich mit seinen Kindern gewesen wäre. — Die eine Tochter zwar schlug noch ganz gut ein, ganz gut ein — Die heirathete einen

Schiff-

Schiff=Capitain, der achtmal nach Ostindien gewesen war — Auf der letzten Reise aber blieb er, ja da blieb er — Er war auf den Gewürz=Inseln unglücklich gewesen — Eben auf die Weise, als der gute Kooke — der gute Kooke — Ja die Reise hätt' ich wohl mit machen mögen — wirklich, das hätte ich — Nun was wollt' ich doch sagen (legt die Finger an die Stirn) die andre Tochter — Nein, das wars nicht.

Eduard. Gehen Sie immer wieder zurück an den Faden, der sie aus dem Labyrinthe herausführen wird, worinn eine allzuflüchtige Fantasie Sie gebracht hat — Also die andere Tochter — Der orthodoxe Doktor Harris — was derselbe gesprochen — ihr sel'ger Vater — die Hessen — daß die gute Leute wären. —

Doktor. Ja die Hessen! besonders der, der, der Officier — Bey meiner Seele, bey meiner Seele ist ein Mann von Ehre — Mann von Ehre — Ein orthodoxer Mann — Eben wurde er abgelöst von einem andern Officier — Aber was die abstächen — Der letztere ein älterlicher Officier, ein langer Rick schweckte noch so ganz nach nach dem Corps de Garde, man sahs ihm an, daß er bey der Mousquete angefangen, und lange Unterofficier gewesen war.

Eduard. Das ist doch verhenkert, daß einem das so lange anklebt; Als z. E. wenn einer in seiner Jugend Barbier gewesen, und hätte so manches Jahr während der Operation seines Scheermessers geplaudert und würde denn in seinen Alter Doktor —

Dok=

Doktor. Das soll wohl gar auf mich gelten, auf mich gelten — Nun der Herr Lieutenant, wo ich von sagte, der Herr Lieutenant, Sir Eduard, dem sie so viel Höflichkeit, so viel Höflichkeit erzeiget, einen so schönen Korb mit so schönen vielen Eßwaaren geschickt, empfiehlet sich gehorsamst — habe ihm gesagt, daß ich ein unterthäniger Diener ihres Hauses bin, ihres Hauses bin, er wird gleich die Ehre haben aufzuwarten.

Dritter Auftritt.

Mis Betty, (die durch das Zimmer geht.) Die Vorigen.

Doktor. (Der ihr viel poßierliche Komplimente und tiefe steife Verbeugungen macht.) Ich bin ihr devotester Knecht, Mis, ihr devotester Knecht. —

Mis Betty. Ihre Dienerinn, willkommen Herr Doktor.

Doktor. Mis sehen ja — nehmen Sies aber nicht übel — nicht übel — ein bischen matt, ein bischen blaß aus — Sie sind doch wohl? — Ich will Ihnen ein kleines Mixturchen verordnen, ein kleines Mixturchen.

Eduard. Doch wohl nicht wieder Asa foetida?

Doktor. Warum nicht, Sir Eduard, warum nicht? Die hilft für alles, für alles.

Eduard. Also auch wohl wider die Liebe?

Mis Betty. (Winkt ihm bedrohlich mit dem Finger) Loser Bruder!

Doktor. O ja, auch für die Liebe, die Liebe; es ist kein besseres Mittel wider die Liebe, als Asa foetida. Wie ich noch in London war, da war der Doktor Harris (Es wird gepocht) Ach da pocht Jemand, das wird der Lieutenant seyn!

(Mis Betty geht geschwind ab.)

Vierter Auftritt.
Feldberg. Die Vorigen.

Feldberg. Erlauben Sie es mein Herr, daß ich Ihnen jetzt für die Güte danke, womit Sie mich heute überhäufet haben. —

Eduard. Ich verbitte allen Dank. —

Feldberg. Ich bin vor einer halben Stunde von meinem Posten abgelöset, und da würde es unverantwortlich gewesen seyn, wenn ich nicht in einem Hause meine Aufwartung gemacht hätte, woraus mir so viel Höflichkeit erwiesen worden.

Eduard. Erwehnen Sie der Kleinigkeit nicht, Herr Lieutenant — Werden Sie lange hier bleiben?

Feldberg. Das kann ich noch nicht sagen — Es wird vieles von gewissen Umständen abhangen, die —

Doktor. Wohl recht, von gewissen Umständen, wohl recht! Man sagt ja, ein Corps Amerikaner von 30000 Mann soll im Anzuge seyn. —

Feldberg. Alle, so viel wohl nicht. Nun wir wollen Sie erwarten!

Doktor. Sagen Sie mir doch einmal Herr Lieutenant, sagen mir doch einmal, wie stark sind Sie — Ich meine so hier in der Stadt und draußen im Lager?

Feldberg. So in der Stadt hier und draußen im Lager? das wollen Sie von mir wissen, Herr Doktor? Ey ey, Sie spaßen?

Eduard. Alle Dinge zu wissen, Herr Doktor, sind Sie noch viel zu jung.

Doktor. Nun, nun ich meine nur so! Ich will keinen bösen Gebrauch davon machen, ich habe noch hessisch Blut in meinen Adern — ja bey meiner Seele, das hab' ich — A propos: wir sprachen eben von Asa foetida und von der Liebe — Sollte Mis Betty wohl verliebt seyn, Sir Eduard?

Eduard. Gehen Sie hin und fragen Sie sie selbst!

Doktor. Ja die würd' ein Ding aus mir machen — Nein, nein — Aber das will ich thun; Ihre Kammerjungfer will ich fragen, so sondiren, so ausfragen.

Eduard. Thun Sie das, ist klüglich gehandelt — Gehen Sie gleich hin. —

Doktor. Unterthäniger Diener. (geht ab) Ich bin bald wieder bey Ihnen.

(Mit großen Complimenten)

Fünfter Auftritt.
Eduard. Feldberg.

Feldberg. Ein trollichter Mann, der Herr Dokter.

Eduard. Ja wenns möglich ist — Er ist die Neugier selbst — und das Plaudern hängt ihm noch von seiner Barbierstube an. In Europa ist er Bartpuzer gewesen; nicht einmal wahrer Wundarzt — Er hat so ein wenig gepfuschert, einige Recepte erhaschet, einige Bücher gelesen, ist dabey unternehmend und ein paarmal glücklich gewesen, und dadurch ist er in Ruf gekommen und zu einem ansehnlichen Vermögen von einigen tausend Pfunden gelangt. —

Feldberg. Das muß ich zestehn, hätte ich nicht bey ihm gesucht. —

Eduard. Sie haben recht, man siehts ihm nicht an, — das ist in diesen Theile der Welt nichts neues — Wir haben hier Damen in der Provinz, die sich aufs vortheilhafteste verheirathet und in Europa in einem — ich mag nicht sagen, wo gewesen. — Wir haben Geistliche, die in jenem Welttheile die grösten Ausschweifungen in allen Arten des Vergnügens begangen, und hier für recht ehrwürdige Männer gelten — Wir haben Staabs = und andre Officiere, die in Europa Ladendiener, Handwerksbursche, Lakaien gewesen — Ueberhaupt haben viele Taugenichte hier ihr Glück gefunden.

Feldberg. Aber wie führen sich diese Champignons auf?

Eduard. Gut, meistentheils gut zur Bewunderung. — Aus den Zusammenfluß verschiedener Menschen fast aus allen Ländern Europens, aus Bigotten, Schwärmern, Schwermüthigen, Taugenichten, Windbeuteln, ist nachdem sie hieher übers Meer gekommen, nachdem sie in Verbindung mit guten Menschen getreten, nachdem die Noth sie zur Industrie und Frugalität ermuntert hat, eine so recht gute Mischung entstanden, besser als man vermuthet hätte.

Feldberg. Gieng es in dem alten Rom anders — Was waren die ersten Erbauer Roms anders als Straßenräuber und andre Missethäter?

Eduard. Freylich — Ich bilde mir ein — doch dieser Discours ist mir zu politisch — und zu weitläufig. Aber mein Herr, auch würdige Männer machen hier ihr Glück — Wie gefällt Ihnen unsre Provinz? wie die Stadt?

Feldberg. Ueber meine Erwartung!

Eduard. Hören Sie, mein Herr, wir sprechen uns erst seit wenig Minuten — Aber Ihr Gesicht sagt mir so vieles, als wenn ich schon lange das Glück gehabt hätte, Sie zu kennen — Sie sind in den Diensten des Landgrafen von Hessen — Sind diese Verbindung mit ihren Landesherrn so unauflöslich, daß Sie — gesetzt es gefiele Ihnen, hier zu bleiben — es wohl könnten? —

Feldberg. Unauflöslich sind sie nicht — zumal da ich diesen Stand nicht aus Neigung gewählet —

Dann würde mein Vaterland da seyn, wo es mir wohl gienge. — Aber meinen Vater wünschte ich noch einmal zu sehen.

Eduard. Aber sollte nicht sonst eine mächtigere Verbindung — eine Herzensangelegenheit Sie zurück ziehen?

Sechster Auftritt.

Mis Betty, welche hereintritt, eben wie Feldberg antworten will. **Die Vorigen.**

Eduard. (klingelt, es wird Punsch gebracht.)
Mis Betty. (etwas erröthend) Ich freue mich mein Herr, daß Sie uns nicht ganz verschmähet haben! — unser Haus zu beehren.

Feldberg. Ich schätze mich glücklich, solche vortrefliche Leute in diesem Welttheile kennen zu lernen — Schon vor einer Stunde, wie ich hier vor diesem Hause vorbey gieng, hielt eine geheime Sympathie mich länger hier fest, als meine Geschäfte zuließen — Ich hatte das Glück, Sie am Fenster zu sehen — Es war wohl eine strafbare Zudringlichkeit, eine unschickliche Dreistigkeit, daß ich so oft nach diesem Fenster gaffte, wo ich einen Gegenstand sahe, der mich gleich beym ersten Anblick —

Mis Betty. Ich höre, Sie schmeicheln — und das höre ich ungern — Wars nicht vielmehr Unbescheidenheit von meiner Seite, daß ich so sehr nach Ihnen gaffte, wie ich noch nie — nach einen Fremden gegaffet habe. —

Feld-

Feldberg. Je nun, Leute aus einem andern Welttheile zu sehen, geht man ja wohl ans Fenster—
(Eduard präsentirt ihm Punsch, sie trinken)

Mis Betty. So sind Sie's vermuthlich schon gewohnt, daß man an fremden Orten, zumal in diesem Lande nach Ihnen gaffet.

Feldberg. Ich bin noch in wenig Städten in Amerika gewesen, die meiste Zeit habe ich im Lager zugebracht. —

Mis Betty. So! — Entschuldigen Sie nur unsere Zudringlichkeit, daß wir Sie in unser Haus bitten lassen — da wir doch nicht wußten —

Feldberg. Ich bin nie zu einer glücklichen Stunde abgelöset, als heute. —

Eduard. (zu seiner Schwester) Kind willst du nicht ein Glas Punsch mit trinken? er ist nicht stark —

Mis Betty. Ich danke Dir Bruder — Ich habe etwas Wallungen.

Feldberg. Das beklage ich — vielleicht wirds besser darnach. —

Eduard. Wallungen? Hm! Schwester, eben wie du kamst, sprach ich mit den Herrn von unserm Lande, wie es ihm gefiele — und ob ihm seine Verbindungen wohl zuließen, wenns Friede würde, hier zu bleiben.

Mis Betty. (sie wird roth) Und was sagt er dir — nun was brauch ichs zu wissen. Ich will sie auch nicht stören — Ich habe einige Hausgeschäfte. — (will abgehn)

Feldberg. Wollen Sie uns schon verlassen, Mis?

Mis Betty. Vorjetzt; aber ich komme bald wieder.

Siebenter Auftritt.

Feldberg, Eduard, hernach der Doktor, zuletzt Mis Betty.

Eduard. Wie gefällt Ihnen meine Schwester? Freund, ists nicht ein gutes Mädchen?

Feldberg. Wie sollte sie mir nicht gefallen? Schon ihr erster Anblick am Fenster nahm mich ein. Dort bey der Hauptwache hört ich sie lobpreisen, von einer lahmen armen Frau, die sie sehr reichlich beschenket hätte, ich hörte sie ferner von unserm Herrn Doktor rühmen, der sich dem Teufel ergab, daß kein reizenders, tugendhafters Frauenzimmer in der ganzen Provinz sey. Ich selbst war durch ihre Güte schon auf die höchste Stuffe der Dankbarkeit gebracht — und nun bin ich so glücklich hier —

Eduard. Hören Sie, Mann, Sie ist kein Mädchen von gewöhnlichem Schlage — Noch nie, das schwöre ich Ihnen zu Gott — hat Liebe zu irgend einer Mannsperson in ihrem Herzen Platz gefunden, aber jetzt — der Himmel mag wissen, was ihr angekommen — Sind Sie? — Doch nein; ich irre mich vielleicht —

Feldberg. Wie befehlen Sie?

Eduard. Hören Sie, Freund, ich bin offenherzig, offenherziger gegen Sie, als ich wohl sollte. Machen Sie keinen bösen Gebrauch davon. Erst seit
we=

wenig Minuten habe ich das Vergnügen, Sie kennen zu lernen — Aber seyn Sie auch offenherzig, antworten Sie mir als ein ehrlicher Mann!

Feldberg. Das will ich, so wahr ich lebe, das will ich. —

Eduard. Daß ihnen die Person meiner Schwester gefällt, versichern Sie, und ich zweifle auch nicht daran — Ihr Herz kennen Sie noch nicht, und das ist von noch grössern Werth, als ihr Aeusseres — Ich will nicht erwehnen, daß ihr Vermögen in 24000 Pfund bestehet, obs gleich ganz artig und nicht zu verachten ist — Nun, mein Herr, (glauben Sie aber nicht, daß ich Sie mit der Antwort übereilen will) So viel muß ich Ihnen entdecken, daß ich eine unwiderstehliche Neigung meiner Schwester gegen Sie bemerke, von dem ersten Augenblicke an, daß sie Sie sahe — Ich kenne sie, und es wird eintreffen, was ich immer vermuthet — wird sie einmal in eine Mannsperson verliebt, so wird diese ihre erste Neigung nicht zu besiegen seyn — Nun kommts auf Sie an Freund, ob ihr Herz von allen Verbindungen frey ist — Aus ihren ersten Aeusserungen muthmaße ich es — Ich sage nochmals, übereilen Sie sich nicht, mir zu antworten — Sonderbar ist mein Antrag — aber der Zufall ist auch sonderbar! Was machen Sie Freund? Sie entfärben sich.

Feldberg. Ists möglich, Freund? o Sie täuschen mich — möchten Sie mich täuschen. Denn Gott—

Eduard. Nun?

Feldberg. Mein Herz ist nicht mehr mein, schon jenseit des Meers an ein würdiges Mädchen verschenkt — Ich bin des Glücks nicht werth. —

Eduard. Wie, an ein würdiges Mädchen verschenket? und dieses würdige Mädchen konnten Sie verlassen? Alle Teufel aus der Hölle sollten mich nicht zwingen, einen Gegenstand zu verlassen, an den mein Herz gefesselt wäre. —

Feldberg. Ach, Freund, erlauben Sie, daß ich Sie so nenne, als ein ehrlicher Mann, ohn alle Verstellung mit Ihnen rede. —

Eduard. Dieses macht Sie in meinen Augen noch schäzbarer. — (ganz heftig im Zimmer auf und nieder, und plözlich umarmt er den Lieutenant.)

Feldberg. Ach Freund, die traurigen Umstände eines geliebten Vaters haben mich hieher gebracht — Ich dachte mein Herz müste brechen, wie ich ihr das letzte Lebewohl sagte!

Eduard. (Aeusserst gerührt) O ihr Großen, ihr eben so unruhigen Ruhmsüchtigen Privatpersonen— die ihr eure Ehre eures Eigennuzes wegen Verbindungen trennt, die der Himmel selbst geknüpfet, die ihr den glücklichen Ehemann von seiner zärtlichen Gattin, den treuen Jüngling von seiner würdigen Geliebten, Väter von unerzognen Kindern reisset, wie wird jeder Seufzer, jede Thräne, durch euch erpresset, gleich Höllenglut einst, wenn ihr auf euren Sterbebette liegt, auf euren Herzen brennen.

Feldberg. Glauben Sie Freund, beynahe sinds anderthalb Jahr, daß ich mein liebes Mädchen verlassen. Noch nie ist ein untreuer Gedanke in mir aufein Lustspiel. 219

aufgestiegen. — Freylich war die Versuchung noch nie so stark, als heute; aber ich bin ein ehrlicher Mann, ein deutscher Jüngling — das ist alles gesagt —

Eduard. Recht, Freund, Bravo! Bravo! da wollen wir mal auf anstoßen. (Stößt mit ihm an, und sucht seinen Affekt zu verbergen.) Ich kann dir nicht helfen unglückliche Schwester — Hätte dir so gern einen Dienst gethan — Aber nein, nein! nun behüte mich Gott! bist auch selbst so großmüthig, daß du einen Liebhaber verachten würdest, der dir zu Liebe einem Mädchen untreu würde — Mach'ſts nicht wie die großen Herrn, die Männer im Dienst nehmen, die einen andern Herrn untreu geworden. Aber Freund, wissen Sie denn gewiß, daß ihr Mädchen noch lebt? —

Feldberg. Das hoffe ich zu Gott, aller meiner schwermüthigen Ahndungen ohngeachtet. —

Eduard. Oder wissen Sie gewiß, daß sie Ihnen treu bleibt, — nicht durch Aeltern, Vormünder, Anverwandte beredet wird, eine andere Verbindung einzugehen, kann nicht Länge der Zeit, die wenige Hoffnung einer baldigen Wiederkunft, die weite Entfernung sie auslöschen, in den Herzen eines unerfahrnen jungen Mädchens?

Feldberg. Ich habe ihrer Treue wegen keinen Zweifel. Ich beurtheile sie nach meinem eigenem Gefühl —

Eduard. Gut, glücklicher Mann — Ich bin auch weit entfernt sie mißtrauisch zu machen — aber fürchten Sie die gefährliche Rückreise nicht? nicht

die

die Länge des Krieges? Wird ihre Standhaftigkeit immer gleich feste bleiben, und werden Sie es nie bedauern, ein Glück von der Hand gewiesen zu haben, das nicht jedem zu Theil wird. —

Feldberg. Ich muß mich meinem Schicksal überlassen. Ich bin zu allen gefaßt.

Eduard. Gut, daran erkennet man die Heldenseelen — Lassen Sie sich umarmen, junger Held — (Umarme ihn und reicht ihm darauf ein Glas.) Nun! ihre Heßin soll leben. (Stößt an.) Lebe wohl liebe Heßin! Meine arme Schwester, der Himmel gebe, daß du von deiner Krankheit geheilet wirst —

Doktor. (Der mit dem Kopfe herein stehet, und die letzten Worte vor der Thür gehöret hat.) Da lassen Sie mich für sorgen, Sir Eduard, mich für sorgen. Wollen sie schon curiren, schon curiren, Asa foetida, wie ich gesagt habe, Asa foetida.

(Man hört in der Ferne trommeln.)

Feldberg. St! was giebts da?

Eduard. Man trommelt. —

Feldberg. Es wird Lerm geschlagen. (nimmt seinen Degen den er abgelegt, und hängt ihn hurtig über die Schulter.) Leben Sie wohl, bester freundschaftlicher Mann — — Dank, vielen Dank, für ihre Güte —

Eduard. Gott erhalte Sie, Freund. (umarmen sich, Feldberg will abgehen, kehrt aber an der Thür nochmals wieder um) Ich kann nicht aus Ihrem Hause gehen, Sir, ich muß erst Ihre Schwester sehen, mich ihr empfehlen! darf ich bitten? (Indem er noch spricht, stürzt Betty ängstlich ins Zimmer.)

Mis

Mis Betty. Mein Gott, was giebts! — Es wird Lärm geschlagen — (Der Schall der Trommel kommt näher.) Gott, Herr Lieutenant, was gibts.

Feldberg. Vermuthlich ein Zuspruch unserer Feinde — Leben Sie wohl, vortrefliche Mis — Nehmen Sie meinen wärmsten Dank für ihre Güte.

Mis Betty. (Fängt an zu weinen) Leben Sie wohl — Freund! der Himmel nehme Sie in seinem Schuß — Bringe Sie uns glücklich wieder! —

Feldberg. Nochmals leben Sie wohl! (Feldberg ab. Man hört in der Ferne einige Schüsse.)

Mis Betty. Gott! wie schlägt voll banger Ahndung mein beklemmtes Herz ihm nach!

Ende des zweyten Aufzugs.

(Eine feyerliche Symphonie, zwischendurch Schüsse.)

Dritter Aufzug.

Erster Auftritt.

Sir Eduard. Mis Betty.
(Die Scene bleibt wie im zweyten Aufzuge.)

Mis Betty.

Er ist fort — Ach Gott! Schuß auf Schuß — Schon wieder!

Edu-

Eduard. Sie müssen sehr nahe seyn, die Provincialen.

Mis Betty. Himmel! muste ich den vortreflichen Mann kennen lernen! Seelen-Sympathie ists, die mich an ihn fesselt, um so plötzlich wieder zu verlieren! Wer weis, obs nicht schon verspritzet ist, das edle Blut, unschuldig dahin geflossen im Dienst seines Fürsten — ob ich ihn wieder sehe! O, dünkts mich doch als ein Traum; ich sahe mich in Elisium versetzt, und beym Erwachen ach! finde ich mich in einer unruhigen kummervollen Welt!

Eduard. Schwester, hoffe das Beste. — Indessen hoffe auch nicht zu viel — Gesetzt er käme wieder — Weist du denn, daß er jemals der Deinige werden kann? Wie wenn sein Herz schon versagt ist?

Mis Betty. (Sieht ihn starr an, und endlich bricht sie aus.) Versagt ist! Versagt ist! — Ja dann will ichs ertragen, dann will ich mich beruhigen — blos seine Freundinn seyn — Wenn ihn nur der Himmel erhält — Gott, sollte ich das erleben? —

Eduard. Prüfe dein Herz auf alle Fälle, mich dünkt, so viel ich ihn sondiret habe, er ist schon versprochen. —

Mis Betty. Ich will doch nicht hoffen Bruder, daß du mich verrathen hast.

Eduard. Behüte der Himmel! Nur so von weiten habe ich mir etwas merken lassen, und da —

Mis Betty. Und da vernahmst du?

Eduard. Nun ja, eben was du befürchtest. —

Mis Betty. Laß mich allein, Bruder, ich bitte dich. —

Eduard. Ich will ohnehin auf den Thurm gehen, und sehen ob ich was vom Gefechte entdecken kann. — Ich will dein Mädchen hinein senden! und dir Nachricht bringen.

(geht ab.)

Mis Betty. Mein Mädchen? Ich will heute keinen Menschen mehr sprechen. Und mein Bruder hat mich sicher verrathen; O wie schäme ich mich für mich selbst. Im Stillen will ich mein Unglück überdenken. — Nicht durch Zestreuung, nein, durch Vernunft, durch Religion will ich mich zu heilen suchen.

Zweyter Auftritt.

Mis Betty. Ginny.

Ginny. Ach, das ist mir ein Schleßen da draußen — Wenn von jeden Schuß ein Mann fällt, so müssen nicht viel mehr übrig seyn. Was fehlt Ihnen Mis? Beste Mis?

Mis Betty. Lassen Sie mich zufrieden —

Ginny. Ach der arme Lieutenant, wenn der nur leben bleibt — Nun, den wird der Himmel ja wohl erhalten — Ich habe so viel Gutes von ihm gehört, so viel Gutes, und dazu von einem Kerl, der ihm gar nicht gut ist. —

Mis Betty. Von was für einen Kerl?

Ginny. Ey von den besoffenen Unterofficier — Es ist ein rechter fataler Kerl — Sie wissen, ich mag wohl Mannspersonen leiden, auch wohl, wenn sie ein bischen lucker aussehen, auch so ein bischen Spiritus im Kopfe haben — Aber der fatale Kerl will einem immer auf den Leib fallen, und sprudelt einen immer ins Gesicht — Er hat studiret — Man hörts auch wohl, daß er nicht dumm seyn mag, wenn er nicht gesoffen hat; aber ein liederlicher Hund ist er von Haus aus, und ein Bösewicht dazu.

Mis Betty. Genug! Sag nur was du von ihn gehöret hast.

Ginny. Sie wissen, ich stand ersten bey ihm vor der Thür. Da kamen wir von einem aufs andre und auch auf dem Herrn Lieutenant zu reden. — Er lobte ihn, so sauer es ihm wurde, sagte, daß er ein braver Officier wäre, daß er vorhin studiret hätte, daß er eine Geliebte habe.

Mis Betty. Eine Geliebte?

Ginny. Ja aber er meint, die Geliebte würde ihn nun schon vergessen, oder sich todt gegrämet haben. Es wäre da ein Briefchen nach Europa hingeflogen. — Mehr konnte er dasmal nicht sagen, weil der Lieutenant eben darauf zukam — Er versprach mir aber, wenn ich ihm küssen wollte — Pfui, den garstigen Kerl — oder ich wollte ihm eine Boule Punsch geben, so sollte ich mehr erfahren — Wie das Commando vor einer halben Stunde ausmaschirt; so liegt mein Hans Vieltrunk und schläft den Rausch aus — Es ist nicht möglich, ihn zu ermuntern. — Dies habe ich von ungefähr von

einem andern Unterofficier erfahren, der wacker auf
ihm fluchte — kaum sind sie weg; so mag er sich
ermuntern, und kommt gerade hier aufs Haus zu
gestolpert. Ich stehe just wieder vor der Thür, wie
das erstemal, und es schien, als wär' er etwas ver=
nünftiger. Doch mochts nicht viel seyn. Die Dünste
hatten sein Gehirn noch nicht ganz verlassen. — Neu=
gierig bin ich nun zwar eben nicht — Indessen dach=
te ich, es könnte doch wohl wozu gut seyn, von
den Lieutenant nähere Erkundigung einzuziehen —
Ich erinnerte ihn also an sein Versprechen, und ver=
sprach ihm einen recht guten Punsch, das war, was
er wünschte; ich führte ihn in des Kochs Stube,
der in der Küche beschäftiget war, und traktirte
ihn. — Sie werden es mir nicht ungnädig nehmen
— mit dem übrig gebliebnen Punsch, womit ihr
Herr Bruder den Lieutenant bewirthet hatte — Mein
Kerl wurde treuherzig. —

Mis Betty. Nun mich soll verlangen.

Ginny. Er erzählte mir, indem er einige Glä=
ser genossen mit vielen Umständen, und kauderwel=
schen Worten, die ich nicht alle verstand; die Ge=
liebte des Lieutenants sey die Tochter eines reichen
und vornehmen Geistlichen in Hessen. Ich glaube
er nannte ihn Petermoltan — Sein Bruder sey ein
Pfarrer auf dem Lande in den Kirchsprengel dieses
Geistlichen. Dieser sein Bruder sey eben so ein lu=
stiger kreuzbraver Kerl auf Universitäten gewesen als
er. Er habe hin und wieder Bären angebunden,
und sey nicht vermögend, bey dem geringen Ertrag
seiner Pfarre sich zu helfen. Er suche also eine rei=

che Heirath, und weil er wiſſe, daß der alte Pe=
ter — — nun wie heißt es doch, Petermoltan?
Geld habe, ſo habe er ein Auge auf deſſen Tochter,
Louiſe, eben diejenige, die mit dem Lieutenannt ver=
lobt ſey. Das Mädchen ſey aber in dem Lieute=
nant ganz vernarret., und werde ſich nicht entſchlieſ=
ſen ſo lange derſelbe am Leben ſey, einem andern
ihre Hand zu geben. Er habe alſo eine Kriegesliſt
erſonnen, und mit ſeinem Bruder, den würdigen
Herrn Pfarrer, es abgeredet, daß er aus Amerika
an ihm und andre gute Bekannte ſchreiben ſolle, der
Lieutenant wäre in einem Scharmützel geblieben.
Sein Bruder wiſſe ein Mittel, zu verhüten, daß
des Lieutenants Briefe nicht in der Louiſen Hände
käme. Auch wolle er es ſchon durch eben dieſes
Mittel zu verhüten wiſſen, daß ihre Briefe nicht
zu ihm gelangten — Auſſerdem habe er ein paar
Briefe von den Heſſiſchen Anverwandten einiger Sol=
daten erbrochen, mit verſtellter Hand dieſe Briefe ab=
geſchrieben und den Umſtand eingeflochten, daß die
Mamſel Louiſe in Heſſiſchen, die Braut des Lieute=
nants ſich verheirathet habe. Dieſe abgeſchriebenen
Briefe habe er verſiegelt, und den Soldaten zugeſtellet.
Die wahren Originale aber habe er caſſiret. Die Em=
pfänger der Briefe hätten nichts gemerkt, und ihn
wundre, daß, wie er gewünſcht, das Geſpräche
dem Lieutenant noch nicht zu Ohren gekommen, daß
ſeine Braut ihm untreu geworden, und in ihrem
Vaterlande ſich verheirathet habe. Die Soldaten,
die unter ſich davon geſprochen, möchten glauben,
der Lieutenant wiſſe es ſchon. Er müſſe alſo auf

andre

andre Mittel denken, ihm diese falsche Nachricht zu hinterbringen — Vielleicht würde diese Nachricht den Lieutenant disponiren, nie wieder in sein Vaterland zurück zu kehren. Das wäre eben, was er wünsche.

Mis Betty. Der Bösewicht! Aber welch ein Widerspruch, so tückisch, und doch auf der andern Seite so plauderhaft!

Ginny. Ja, Mis, hätte es nicht der Punsch gethan, der ihn so treuherzig machte; ich hätte es nie erfahren. Wenn er erst nüchtern ist, wirds ihm wohl gereuen, daß er seine Bosheit verrathen. Wer Tücke hecket, der hüte sich vor der Trunkenheit.

Mis Betty. Ginny, ich werde die erste seyn, die dem Lieutenant diese Bosheit seines Unterofficiers entdeckt — Der Bösewicht muß das nicht umsonst gethan haben, den edlen Mann zu betriegen — Käme er nur erst wieder, ach Gott, wenn er nur nicht unglücklich ist!

Ginny. Das thäte ich nicht, Mis, wenn ich in ihrer Stelle wäre. Was haben wir dabey zu verantworten? Wenn der Lieutenant nicht wieder nach seinem Vaterlande will, Nun! so wollen wir ihn hier behalten — Wer weis wo die Lüge gut zu ist. —

Mis Betty. Nein Ginny, ich will nicht durch die Bosheit anderer mein Glück machen.

Ginny. Aber der arme Unterofficier, wie wirds dem gehen? wie wird der mich verfluchen.

Mis Betty. Mit Betrügern habe ich kein Mitleiden. Sie nannte ihn ja vorhin selbst einen Bösewicht. —

Ginny. Ja wohl! Aber daß ich eben die Verrätherinn seyn soll? und wer weis obs für den Lieutenant nicht auch besser wäre, er glaubte das, was man ihm weismachen will. Er könnte noch wohl hier sein Glück machen. (Sie siehet die Mis starr und neugierig an. Diese drehet sich ohne etwas zu antworten herum) Mich dünkt, das Schießen ist vorbey, seit einigen Minuten habe ich nichts mehr gehört. — Da kommt ihr Herr Bruder — Aber verrathen Sie den armen Unterofficier nicht!

(Geht ab.)

Dritter Auftritt.

Mis Betty.   Sir Eduard.

Mis Betty. (allein) Freylich wäre es für meine Wünsche vortheilhafter, wenn der Lieutenant glaubte, seine Geliebte wäre ihm ungetreu, und sie glaubte, er sey todt — Ueberwindung kostet es mich, dieses Opfer der Redlichkeit — Doch Pfui, wer wollte einem so niederträchtigen Gedanken aufkeimen lassen? — Wer weis, ach wer weis, ob nicht in diesem Augenblick der brave edle Mann tod, oder zerstümmelt daliegt — Wäre doch dieser Tag erst vorbey — Hätt' ich doch erst einige Nachricht! Vielleicht hat mein Bruder vom Thurm etwas gesehen.

Eduard. Gute Nachricht, Schwester, gute Nachricht! nachdem mans nimmt, nachdem man

Provincialisch oder Königlich — oder auch bloß Hessisch gesinnt ist. —

Mis Betty. Nach dem, was du mir vorhin sagtest, Eduard, dächt' ich, könntest du über das Subjekt nicht mehr spaßen. Nun, worinn besteht die gute Nachricht, sind die Hessen geschlagen?

Eduard. Warum nicht gar! wäre denn das eine gute Nachricht? Ich meines Theils bin ziemlich neutral — Ja ich würde es ganz mit dem Mutterlande halten, und den Siegern ihren Sieg gönnen, wäre mein Freund Didler nicht — Dieser ist vermuthlich mit dabey gewesen. Genug die Provincialen sind geschlagen, und ein großer Theil ist, wie ich deutlich vom Thurme bemerken konnte, gefangen. Sie waren zu unvorsichtig — hatten sich zu nahe an die Stadt gewagt, und nicht den Hinterhalt vermuthet, der hinter den Landhäusern und Gärten postiret stand. Durch diese wurde ihnen der Rückzug abgeschnitten. Ich glaube es ist viel Blut vergossen. Die Sieger marschiren schon größtentheils zurück, und der Vortrab war, wie ich vom Thurme stieg, schon nahe an der Stadt.

Mis Betty. Eduard, wenn der Lieutenant zurück kommt, so habe ich ihm eine wichtige Entdeckung zu machen.

Eduard. Und also interessirst du dich noch für Ihn — Ich dächte —

Mis Betty. Auf die edelste Weise — Hat er dir gesagt, Bruder, wer seine Schöne ist, von was für Herkunft?

Eduard. Nein, Schwesterchen, da hab ich auch nicht nachfragen mögen. Aber das sagte er mir, daß es ein schönes würdiges Mädchen sey, daß er sie aufrichtig liebe, daß er ihr nie untreu geworden, es auch nimmer werden würde — und daß er von ihr gleicher Treue und Zärtlichkeit versichert sey. —

Mis Betty. Denk einmal Bruder, Bösewichter schmieden Anschläge, diese zärtliche Liebe zu trennen — Es ist ein Complot gemacht; ein versoffener Unterofficier seiner Compagnie —

Eduard. Es wird geklopft — Nur herein!

Vierter Auftritt.

Andres. Die Vorigen.

Andres. (In beschmuzten Stiefeln und weitem Ueberrocke) Mein Herr läßt sich gnädigst empfehlen — und, und —

Eduard. Wer ist denn sein Herr? (beiseite) Ob denn von unsern Leuten keiner bey der Hand seyn mag?

Andres. Mein Herr, es ist mein Herr, der Herr Lieutenant — kennen Sie meinen Herrn noch nicht? — Um den Namen habe ich mich nicht bekümmert — Er ist schon hier im Hause gewesen.

Eduard. So, so — Nun —

Andres. (fährt fort) Und — und wenn Sie's nicht wollten unhöflich nehmen, so wollte er die Gütigkeit haben, und — und — bringen noch einen Officier mit von die Provincialen — einen Ge-
fang-

fangnen von ihren Leuten; den armen Teufel ist der Arm inzwey geschossen — der ruft immer, au weh, au weh!

Mis Betty. Wem?

Andres. Dem Gefangenen Officier — Mein Herr ist gut weg gekommen — der hat den Officier gefangen genommen. Wenn er nur eine gute Börse gehabt hat — Ja noch eins — Mein Herr sagte, Sie möchten doch unterthänig geruhen, und sagen mir, wo der beste Feldscher in der Welt hier in der Stadt anzutreffen sey, den sollte ich rufen, daß der den Officier gleich verbünde. Mein Herr spricht so freundlich mit dem verwundeten Officier, als mit seiner Braut.

Mis Betty. Hat er denn seinen Herrn wohl mit seiner Braut je reden hören?

Andres. Ja wohl Ihro Gnaden, zu dienen; Nun wollen sie gar sagen, sie wäre meinen Herrn untreu geworden und hätte einen Schwarzrock zum Manne genommen, dort im Hessenlande — Aber ich glaube das Ding noch nicht — Mein Herr weis auch nichts davon — Fritz Timmel bey unserer Compagnie, kennen Sie den? der soll einen Brief bekommen haben. —

Eduard. Ich kenne seinen Fritz Timmel nicht — Grüße er seinen Herrn wieder, und sein Besuch sowohl, als der Besuch des verwundeten Officiers sollte uns recht angenehm —

Andres. Ganz wohl! haben Sie sonst noch was zu befehlen? —

Eduard. Nein, mein Freund, daß ich nicht wüßte. —

Andres. (geht mit vielen steifen Verbeugungen ab, läſt bey der Gelegenheit ein geschlachtetes Huhn fallen, kehrt wieder um.) Blitz und Hagel! Wenn das mein Herr wüßte — Das Huhn ist mir — geschenket — Aber verrathen Sie mich nicht — Mein Herr will nichts geschenket haben. — Und du lieber Gott, man kann doch mannichmal nicht wissen, wo man eine Sache nöthig hat — Abjis.

Eduard. Geh er nun, des Huhns wegen will ich ihn nicht verrathen — Mach er sichs nur zu Nutze, für seinen Herrn wollen wir schon sorgen —

Mis Betty. O Bruder, hättest du ihn doch von seinen Fritz Timntel und den angekommenen Briefe ein Bischen plaudern lassen.

Eduard. Wie so? — Hör, Schwester, sie kommen wieder — welche frohe Musik.

Fünf-

Fünfter Auftritt.

Feldberg. Didier. Die Vorigen.

(Man hört in der Ferne die sogenannte Janitscharen-Musik, die immer näher kommt. Eduard und seine Schwester treten ans Fenster, reden miteinander sehr lebhaft, ohne daß man der Musik wegen es hören kann. Eduard sowohl als Betty drücken ihre Verwunderung — auch Mitleiden und zugleich Freude aus, über dasjenige, was sie aus dem Fenster bemerken. Eduard läuft nach der Thür, und die Musik schweigt bald nachher.)

Feldberg. (tritt herein. Er küßt Mis Betty die Hand und umarmt Eduard) Da bin ich wieder — Sehen Sie wie zudringlich mich Ihre Güte macht — Nicht genug, daß ich selbst wiederkehre zu diesem wohlthätigen Hause — Ich bringe Ihnen auch noch einen fremden Gast mit.

Eduard, zugleich Mis Betty.

Eduard. Ich wünsche Ihnen Glück, lieber Lieutenant — Sie sind uns sehr willkommen.

Mis Betty. Ich nehme vielen Antheil an ihrem Glücke lieber Lieutenant — ob ich gleich wegen meiner Landsleute nicht sollte — Nun sollen Sie uns Ihre Affaire in Ruhe erzählen. Sie sind doch nun sicher?

Feldberg. O Ja, liebe Mis, ganz sicher. —

Eduard. Und der Fremde, den Sie uns bringen ist — (wie er noch redet wird Didier, der den Arm in einem seidenen Tuche trägt, mit aufgeschnittenen Ermel, von einem Bedienten angefaßt herein geführet.)

Didier. (zu Eduard) Sieh, Brüderchen, Brüderchen, ich halte mein Versprechen! Ja mehr als ich versprochen. Ich komme zu Dir, obgleich dein Ort von den Königlichen besetzt ist. —

Eduard. Gott im Himmel! Ist das Didier? (Er sieht ihn verwundernd an, läuft auf ihn zu und umarmt ihn) O mein lieber Bruder, hätte ich dich nicht gekannt: Uniform, lahmer Arm, und blasses Gesicht machen dich beinahe unkenntlich. —

Didier. (zu Feldberg) O Herr Kamerad, haben Sie dafür gesorgt, daß meine liebe Frau sicher hieher kommt, — Pässe, Bedeckung, was ich mir erbath —

Feldberg. Ja ja, es ist besorgt Herr Kamerad.

Didier. Wäre sie doch erst hier. — Lange darf sie nicht ausbleiben. Sie hielt mit ihrer Kalesche nicht weit hinter jenem Berge. Wenn ihr nur kein Unglück begegnet ist — Die Marodeurs. —

Feldberg. Seyn Sie unbesorgt, Herr Kamerad! Welch eine zärtliche Unruhe eines jungen Ehemanns. —

Didier. (zu Eduard) Freuen sollst du dich, Brüderchen, wenn du meine liebe Frau siehst. — Es ist eine Landsmännin dieses edelmüthigen Mannes. —

Feldberg. (beiseite) Eine Landsmännin?

Didier. O was das für ein Mann ist — Mein Engel, mein Schutzgeist. Ein Engländer, oder vielmehr ein Teufel in menschlicher Gestalt hatte mich Verwundeten — Wehrlosen — Geplünderten in einen Busch geschleppt, wollte mich masacriren, oder noch mehr Geld haben. Da kam, wie ein Gott aus der Maschine, dieser edle Hesse — befreyete mich von den rasenden Tiger, gab mir Tücher meine Wunden zu verbinden, und verschaffte mir sogar —

Feldberg. (der ihn immer ins Wort fallen will.) Schweigen Sie doch von der kleinen Gefälligkeit die einer dem andern schuldig ist, die Sie Herr Kamerad mir in gleichen Umständen auch geleistet haben würden —

Didier. Verschaffte mir sogar — nach einigen Wortwechsel mit einem Brittischen Officier, meine Uhr, Tabatiere und Börse wieder. — (geht hin und küßt Feldbergen) Könnte ich Ihnen mein dankbares Herz zeigen, liebster Freund — Poßierlich ists bey allen dem, Freund Eduard, daß ich durchaus ein Hessischer Gefangner seyn soll! Erst ein Gefangner eines Hessischen Mädchens, und nun eines hessischen Officiers. —

Feldberg. (beiseite) Eines Hessischen Mädchens; was heist das? (laut) Sir Eduard, haben wir Hoffnung, daß der Wundarzt bald kommt? Ich denke zwar nicht, daß die Wunde des Herrn gefährlich ist, aber doch würde es, wegen des gerinnenden und auftroknenden Blutes gut seyn, wenn er bald verbunden werden könnte.

Edu=

Eduard. Ich denke, es soll bald einer kommen — die guten Wundärzte sind hier etwas rar — Doch da kommt ja der Doktor! Er soll mal nach der Wunde sehen, und uns Nachricht geben; wenn sie nicht zu gefährlich ist, kann er sie schon verbinden; Er hat wenigstens ein gutes Cataplasma!

Feldberg. Ey das ist schön —

Sechster Auftritt.

Doktor. Die Vorigen.

(Mis Betty unterhält sich während der folgenden Unterredung mit Feldberg.)

Doktor. Ganz unterthäniger, gehorsamster, ergebenster Diener! (Zu Didier.) Es thut mir von Herzen leid mein Herr, daß Sie so unglücklich gewesen sind, so unglücklich. —

Eduard. Ohne viele Complimente, Herr Doktor — Sehen Sie einmal nach seiner Wunde. —

Doktor. O ganz gern, ganz gern, wollen da schon zukommen Cataplasma, Cataplasma, wollen ihm auch was Innerliches gebrauchen, was Innerliches. —

Eduard. Doch wohl nicht Asa foetida!

Doktor. Ja wohl, Asa foetida, spotten Sie nur, spotten Sie nur! es ist doch zu allen gut — zu allen gut, die Asa foetida.

Eduard. Gehn Sie mit den verwundeten Freunde auf das blaue Zimmer, Sie wissen ja des Hauses ter Gelegenheit — doch ich will auch selbst mitgehen — Ich muß doch die Wunde meines Freundes sehen, die ihm sein Patriotismus zuwege gebracht.

Didier. O schweig vom Patriotismus — Leichtsinn, Ehrgeiz, Hang zur Neuheit, Narrheit nenne es wenn du willst — O wäre doch meine liebe Frau erst sicher hier. —

Eduard. (zu Feldberg) Wollen Sie erlauben, daß ich Sie einige Augenblicke verlasse — Meine Schwester wird Ihnen indeß Gesellschaft leisten.

Feldberg. Wenn Sie wieder kommen wollen, will ich Sie ablösen.

Siebenter Auftritt.

Feldberg und Mis Betty, hernach Andres.

Mis Betty. Dieser Tag verdienet einen vorzüglichen Platz in Ihrem Tagebuche — Sie führen doch ein Tagebuch? —

Feldberg. Ja Mis, seit meiner Abreise aus Hessen. — Sowohl gute als böse Vorfälle geben in der Zukunft eine angenehme Erinnerung. Jene bleiben uns immer süß, und gewähren durch frohes Andenken den halben Genuß nochmals, und diese erfüllen nicht weniger mit einer dankbaren Freude, daß sie überstanden sind, unsere Herzen.

Mis Betty. Sie werden doch Ihren Eltern, Freunden, Angehörigen — Ihrer Geliebten in Europa fleißig alles schreiben — was Ihre Person anbetrift, und alles fein umständlich erzählen. — Ich kann

kann mir vorstellen, wie angenehm das seyn muß, von einem so weit entfernten Freund, so weit übers Meer, von Zeit zu Zeit Nachricht zu erhalten —

Feldberg. (mit einem Seufzer) Ja Mis, das geschiehet.

Mis Betty. (seufzt auch) Wie doch das Seufzen ansteckend ist! — Haben Sie kürzlich Briefe von Ihrer Geliebten?

Feldberg. Woher wissen Sie, Mis, daß ich eine Geliebte habe?

Mis Betty. Zuerst könnte ich es schon aus Ihrer Person schliessen — Ein so hübscher Jüngling konnte ja wohl nicht ohne Geliebte bleiben. —

Feldberg. Ich bitte gehorsamst —

Mis Betty. Fürs zweite habe ich auch schon ein Vögelchen davon singen hören. — Ich habe mich gefreuet, in Ihrer Person ein Muster einer bewundernswürdigen Treue und Zärtlichkeit zu finden — dergleichen bey Ihrem Geschlechte wohl wenig zu finden seyn dürfte. Ich schätze Sie nun desto höher, und Sie haben meine ganze Hochachtung —

Feldberg. Sie erweisen mir viel Ehre, vortreffliche Mis.

Mis Betty. Sie müssen mir noch viel von ihrer Geliebten erzählen. Wie heißet ihre Geliebte?

Feldberg. Louise! — Sie ist die Tochter eines hessischen Metropolytan.

Mis Betty. Louise? ein schöner Name. Haben Sie kürzlich einen Brief von ihr gehabt?

Feldberg. Etwa vor einem Viertel=Jahre, ach lange genug für einen ungeduldigen Liebhaber.

Mis Betty. Hören Sie Herr Lieutenant, jetzt sind wir noch allein — Ich muß Ihnen etwas entdecken. Boshafte Leute sind beschäftiget, ihre Liebe zu trennen. — Wenn Ihnen etwa zu Ohren kommen sollte, Ihre Schöne sey Ihnen ungetreu geworden, hätte einen andern geheirathet; so glauben Sie es nicht — Es ist bloße Erdichtung.

Feldberg. Ich werde es auch nicht glauben, ich bin zu sehr von der Treue meines Mädchens versichert — Und wer sollte das boshafte Geschöpf seyn, das ein Vergnügen daran fände, mein Mädchen zu verläumden?

Mis Betty. Ein Kerl von Ihrer Compagnie — ein Bösewicht! — Sie sollen alles erfahren.

Feldberg. Und — wenn ich so frey seyn darf zu fragen, wie hätten Sie diese Ihnen gewis wenig interessante Nachricht erfahren. —

Mis Betty. Das ist noch nicht so ausgemacht, ob die Nachricht mir nicht interessant gewesen — Hören Sie! Sie haben einen Unterofficier bey der Compagnie, einen Trunkenbold, den Sie seines Rausches wegen vorhin zurück lassen musten, wie der Feind kam —

Feldberg. Ganz recht, Corporal Hut. —

Mis Betty. Nun dieser Corporal Hut, oder wie er sich nennt, hat einen Bruder im Hessenlande, der Prediger ist — dessen ökonomische Umstände sollen nicht die besten seyn — Er sucht sie durch eine Heirath zu verbessern — Er weis, daß ihr alter Metropolytan Geld hat. Er möchte also gern ihre Louise haben. — Diese zu erlangen, hat er mit seinem nichtswürdigen Bruder ein Complott gemacht, hier durch falsche Briefe die Nachricht auszusprengen, daß ihre Geliebte Ihnen ungetreu geworden, und sich verheirathet habe; Sie aber, glaube ich, sollen in Hessenland für todt ausgegeben werden.

Feldberg. Leicht möglich. Der Kerl ist dazu fähig — Nur das letztere wird eben so unwirksam seyn, als das erstere; die Treue meines Mädchens ist unerschütterlich, leichtgläubig ist sie nicht, und ich noch weniger. Indessen danke ich Ihnen, vortrefliche Mis, für die Mittheilung dieser Nachricht, für Theilnehmung an meiner Liebe.

Mis Betty. Ich fürchtete, Sie möchten der Nachricht wenigstens im ersten Augenblick Glauben beymessen, und Ihr Herz bluten.

Feldberg. Sie sind die Großmuth selbst, theure Miß. — Sie beschämen mich durch ihre Güte.

Mis Betty. Ich bewundre Sie wegen ihres Zutrauens zu ihrer Geliebten — Was wird aber der Bösewicht, der Urheber dieser Lüge für eine Strafe empfangen. Ich möchte nicht gern schuld an seiner Bestrafung seyn, so sehr er sie auch verdienet hat —

Feldberg. Der? O er soll gar nicht gestrafet werden. — Wegen dieses Verbrechens, das mich persönlich betrift, nicht den Dienst unsers Herrn, strafe ich ihn nicht — Er hätte ohnehin seiner Ausschweifung wegen wohl verdient, daß man ihn fortjage — und vermuthlich wirds bald geschehen. —

Mis Betty. Da klopft Jemand — (Andreas kommt herein.) Ach ihr Bedienter. —

Feld-

Feldberg. Kerl wer heist dich herein kommen? Kannst du nicht durch die Bediente des Hauses dich melden lassen, wenn du mir was zu sagen hast.

Mis Betty. Vergeben Sie's ihm — Es scheint ein ehrliches Blut zu seyn. —

Andres. Ô Herr Lieutenant, die Umstände sind nicht vonnöthen — Ich weis ja wohl, daß ich zu allen Zeiten unangemeldet zu Ihnen kommen darf, und daß Sie mit der Mamsell dort nicht haseliren würden, konnt' ich auch wohl denken — Da sind Sie zu ehrbar zu.

Feldberg. Närrischer Kerl. —

Andres. Ich habe Ihnen was Nothwendiges zu entdecken — Da hat mir eben Fitz Timmel einen Brief gegeben, den er aus Europaka bekommen — den sollt' ich Ihnen mal bey guter Gelegenheit zu lesen geben. Da stehen ja wunderliche Sachen inne — Doch, Mammeselle, Sie könnten wohl so lange weggehen, als ich mit meinem Herrn zu schwatzen habe. —

Mis Betty. (lächelt)

Feldberg. Unverschämter Kerl, gib du mir den Brief, und packe dich deiner Wege.

Andres. Ganz wohl; das kann geschehen — Haben Sie sonst noch was zu befehlen? —

Feldberg. Packe dich. (Andres geht ab.) Nun wollen wir doch einmal sehen, ob der Verfälscher seine Sache gut gemacht hat. (liefet:)

„Gott zum Gruß, Herzliebster Sohn!
„Ich kann nicht unterlassen an dich zu schreiben.
„Wenn dieses mein Schreiben dich noch bey guter Ge-

„sundheit antrifft, so soll mir es von Herzen lieb seyn.
„Ich und deine Mutter sind auch noch gesund, und
„deine Schwester auch, und Krügers Lotte hat sich
„beschlafen lassen, und wir haben einen bösen Mis=
„wachs gehabt, und wir wünschen, daß du möchtest
„bald wieder kommen, und Peter Ismus sein Haus
„ist verkauft, und unsers Herrn Metropolytan seine
„Tochter Louise, die eine Braut war von deinen Herrn
„Lieutenant, ist vor drey Wochen verheirathet, Knall
„und Fall, und sie hat den Pastor Hut zu Nieder=
„bergen bekommen. Mich soll verlangen, ob dein
„Herr Lieutenant das schon weis, und der alte Me=
„tropolytan hat sie dazu gezwungen, daß sie den Pastor
„hat nehmen müssen, und sie hat viel geweinet —
„Und hiemit Gott befohlen, deine Mutter und Schwe=
„ster und Baase Anne und Baase Ilse und Jochen
„Ilkers grüßen dich — schreibe uns bald wieder,
„wenn du Gelegenheit hast, ich bin

„dein getreuer Vater,
„Esaias Timmel."

Feldberg. (lacht) Haha haha — der listige
Kauz, hats doch nicht vorsichtig genug gemacht!
Anfangs hat er die Hand ziemlich verstellt — Aber
bald mag es ihm zu mühsam gewesen seyn, da hat
er seine natürlichen Züge wieder angenommen. Ich
kenne seine Hand unter hunderten — dieser D und
dieser F sind ihm auszeichnend eigen — und sogar
sein eigenes Petschaft hat er genommen.

Mis Betty. Bey allem dem ist doch der Brief
durch seine platte Naivität gut imitiret. —

Feldberg. Ja, er mag einen dergleichen Briefe abgeschrieben haben. Diese Art Briefe haben alle einerley Form und Curialien. — Um ihn zu beschämen und in Verlegenheit zu setzen, will ich den Brief durch ihn selbst den Corporal Hut abschreiben lassen, und ihn das mit einer sehr gleichgültigen Miene befehlen.

(Er geht hinaus, kommt aber gleich wieder.)

Achter Auftritt.

Eduard. Didier. Die Vorigen.

Eduard. Da bringe ich den zerstümmelten Helden schon so wieder. —

Feldberg. Nun wie stehts, Herr Kamerad, mit ihrer Wunde?

Didier. Eine wahre Kleinigkeit — Ich habe es mir schlimmer vorgestellt, der erste Schreck ist das meiste — Ich fühle gar keine Schmerzen mehr — und von Herrn Stambold bin ich vollkommen zufrieden. — Lachen hätte ich müssen bey dem Verbinden, wenn mir heute lächerlich zu Sinnen wäre. — Aber wo bleibt meine arme Frau? —

Mis Betty. Sie gefallen mir, Didier, besser als jemals — die zärtliche Sorgsamkeit für ihre Gemahlin kleidet Ihnen besser als ihr ehemaliger Leichtsinn. Solche Metamorphose flatterhafter Seelen machen dem Gott der Ehe Ehre, und die Aufopferung ihrer vorigen Schmetterlingsart ist ihm ein angenehmes Opfer.

Didier. Vielen Dank für ihre Apollogie — Ich dächte ein Opfer ihrer ernsten Strenge und Antipathie der Liebe sollte dem Gott der Ehe noch ein süßeres Opfer seyn. —

Ein Bedienter. (vom Hause, der hereintritt.) Eine fremde Dame verlangt die Ehre zu haben. —

Didier. Gott meine Frau, gewis meine Frau! (springt auf einen Beine und singt:) Trallala lala la! (und schlägt Schnipchen.)

Madame Didier. (im Hereintreten) Sie werden es mir nicht ungütig nehmen; ich bin durch meinen Begleiter an dieses Haus geführet — — (Didier hüpft ihr entgegen.) Ach mein Mann, ach mein lieber Mann — du bist verwundet?

Didier. Willkommen liebes Weib, willkommen tausendmal!

Mis Betty. Kommen Sie näher, Madam, setzen Sie sich —

Madam Didier. (Ohne die übrige Gesellschaft zu bemerken.) Gott im Himmel, du bist verwundet.

Didier. Hat nichts zu sagen mein Kind, hat nichts zu sagen — (Sie umarmen sich nochmals.)

Madame Didier. (die sich erholet) Verzeihen Sie, Demoiselle, und Sie, meine Herren, den Ausbruch meiner Bestürzung und Freude —

Mis Betty und Eduard. Sie sind uns sehr willkommen, Madam — Seyn Sie wegen ihres Gemahls unbesorgt, es hat mit seiner Wunde nichts zu bedeuten. —

Didier. Ja dasmal bin ich noch mit einem blauen Auge davon gekommen.

Feldberg. (beyseite) Gott welche Aehnlichkeit! welche erstaunliche Aehnlichkeit — die völlige Figur meiner Louise —

Eduard. Ihr Gemahl ist Ihrentwegen sehr besorgt gewesen.

Madam Didier. Mir ist nichts Leides wiederfahren. Ich habe eine sichere Bedeckung gehabt. —

Feldberg. Je mehr ich sie ansehe, je mehr Ahnlichkeit finde ich — auch die Sprache ist Louisens — Sollte wohl gar — nein das ist nicht möglich.

Didier. Deine Sicherheit, meine Beste, hast du diesen braven Officier zu verdanken, und mein Leben — dank' es ihm, Beste, deinem Landsmann. —

Madam Didier. Ich bin Ihnen sehr verbunden, Herr Landsmann — Himmel was seh' ich — Feldberg! (Sie sinkt ohnmächtig zurück.)

Feldberg. Louise! Himmel sie ist es meine Louise — Gott im Himmel, und die Frau eines andern, (Er wirft sich in einen Lehnstuhl und ringet die Hände.) Louise! ach, nun nicht mehr meine Louise. —

Mis Betty und **Eduard.** In aller Welt was gibt das; was gibt das. —

Mis Betty und **Didier.** (Beschäftigen sich die ohnmächtige Louise oder Madam Didier wiederherzustellen)

Eduard. (Beschäftiget sich mit Didier, der noch immer ängstlich thut. —

Feldberg. Ich bin des Todes — welch ein unvermutheter Schlag. —

Didier. (zu Feldberg) Kennen Sie meine Frau?

Feldberg. Ja Kamerad, sie war meine Geliebte. —

Didier. Sind Sie der Sohn des heßischen Rentmeisters? — So ist die Nachricht von ihrem Tode falsch gewesen — So bin ich auch unglücklich. Ihre erste Liebe wird wieder aufwachen, und was wird, ach was wird aus mir werden?

Feldberg. Wie in aller Welt kommt denn Louise in diesen Welttheile? —

Didier. Mit einer Generalin Riedesel ist sie angekommen, und in Kanada erhielt sie Nachricht von dem Tode ihres Geliebten. —

Mad. Didier. (die in eine Fluth von Thränen ausbricht) Ja so ist es — Meine Sehnsucht nach Ihnen bester Feldberg, war so gros — Mein lieber Vater war gestorben, der mich sonst nicht würde haben reisen lassen, ich war bey meiner Tante in Braunschweig, und ich dachte Ihnen eine unvermuthete Freude zu machen — Es both sich mir die schöne Gelegenheit dar, mit der Frau Generalin von Riedesel nach Amerika zu überkommen — Ich scheute weder Gefahr noch Ungemach einer so langen Reise — Ich kam glücklich in Boston an, und hoffte nun bald in Ihre Arme zu fliegen — Hier erhielt ich die schreckliche Nachricht von Ihrem Tode — So schrecklich, mich wundert noch, daß sie mich nicht auf der Stelle getödtet hat! Ich war untröstlich — Endlich —

Didier. Ich will fortfahren — in deiner Seele zu erzählen — (zieht einen Brief aus seiner Brieftasche)

Sehn

Sehn Sie, Herr Kamerad, das ist der unglückliche Brief, den Sie erhielt. Aus Ahndung habe ich ihn aufgehoben — Wer sollte den für falsch halten?

Feldberg. (sieht in den Brief) Offenbar die Hand des verruchten Corporal Hut — und der Name des Fähndrich Kühnmunds — dessen Handschrift ists nicht, der Corporal hat seinen Namen gemißbrau-chet — — (er wirft den Brief auf die Erde, tritt ihn mit Füssen) Könnt' ich doch bey dieser Bosheit kalt-blütig bleiben. —

Didier. (nimmt ihn auf) Wir müssen ihn aufhe-ben.

Eduard. Ja helf' es auch zu weiter nichts, als den Urheber zu strafen.

Didier. Den Urheber, der durch seine Bosheit mein Glück gemacht hat — Hören Sie weiter — Ihre Louise war anfangs ganz untröstlich — Es gelang mir und meiner Schwester nach und nach, sie zu trösten — Zerstreuung und Zeit und das Geprä-ge der Aufrichtigkeit meiner Liebe beförderten ihre Heilung. Und was sollte sie — ein verlassenes Mädchen, in diesem entfernten Lande ohne Beschü-tzer anfangen? Sie gab mir also ihre Hand — und ich bin durch Ihren Besitz glücklich — lieber Freund — Ich bedaure es, sie ist für Sie verloren — Hätten Sie mir nicht das Leben gerettet. —

Feldberg. Ja leider, ich sehe es, Sie ist für mich verloren. —

Didier. Reuet es Sie, daß Sie dem das Le-ben gerettet, der Ihnen Ihre Louise entzogen, schuld-los entzogen hat?

Feld-

Feldberg. Nein, Herr Kamerad, Sie sind unschuldig. — Aber die schwarze Bosheit.

Mad. Didier. (die sich erholet hat) Lieber, lieber Feldberg, beruhigen Sie sich — lassen Sie uns unser Schicksal ertragen — Zwar ich sehe das wohl ein — Mir, die ich eine so kräftige Ursache des Trostes habe, ist es leichter mich zu beruhigen — Aber Sie, armer Freund — O es wird ja auch noch ein würdiges Mädchen für Sie in der Welt geben, — ein Mädchen, das Ihnen den Verlust ihrer Louise ersetzen kann. —

Eduard. Nun mein lieber Lieutenant, was sagen Sie? Schwester, hilf doch den armen Mann trösten. —

Mis Betty. Ich bin ganz erstaunt — Bin nicht fähig zu trösten — Vermessenheit würd' es seyn, meiner wenigen Beredsamkeit so viel zuzutrauen, daß sie auf sein verwundetes Herz Eindruck machen könnte.

Eduard. Und doch glaub' ich immer, Betty, dein Trost würde der kräftigste seyn.

Mis Betty. (seufzet, siehet Feldberg zärtlich und mitleidend an) Ach nein, das glaub ich nicht — Was sagen Sie, Freund?

Corporal Hut. (Kommt herein, und bringt den abgeschriebenen Brief) Herr Lieutenant hier ist die Abschrift — (wie er Madam Didier in die Augen bekommt) Blitz und der Hagel, da stehen schändliche Lügen in dem Briefe, wie ich jetzt sehe. —

Feld=

ein Lustspiel.

Feldberg. (ganz gleichgültig) Das kann wohl möglich seyn — Hier ist noch ein Brief abzuschreiben — Herr Kamerad, den Brief! Schreib er doch diesen Brief auch ab, Corporal, die Copialien sollen ihm bezahlt werden. Ich wünschte, daß er die Hand so viel möglich nachahmen möchte. —

Hut. (Indem er den Brief ansiehet, leise) Verfluchter Streich, (geht ganz verwirrt ab, und murmelt in sich selbst.) Ich glaube, ich thue am besten, daß ich mich aus dem Staube mache. Die Copialien möchten zu auffallend wichtig seyn. —

Madam Didier. Nun, lieber Lieutenant, beruhigen Sie sich.

Didier. (Zu Mis) Mis Betty, wenn Sie nur wollten, Sie könnten den armen Officier trösten.

Eduard. (Leise zu Feldberg) Erinnern Sie sich, wovon wir vorhin sprachen — Haben Sie noch Bedenklichkeiten; so eröffnen Sie mir selbige freymüthig — Lassen Sie uns lieber abtreten — Sie haben Ihren freyen Willen.

Feldberg. Lieber Sir Eduard! — Ist das Glück nicht zu gros für mich, das Sie mir zeigen? — Würde nicht die Mis meine Dreistigkeit schelten? Würde ein betrogener Liebhaber von ihr angenommen werden?

Eduard. Weg mit der Bedenklichkeit! Gefällt Ihnen meine Schwester?

Feldberg. Ausserordentlich! Louisen ausgenommen, hat mich nie ein Frauenzimmer so gereizet. —

Eduard. Können Sie ihres Fürsten Einwilligung erhalten, oder Erlassung der Kriegesdienste? —

Feldberg. Beydes entsteht mir nicht. —

Eduard. Nun Schwester — (Er führt Feldbergen ihr zu) vollende dein Werk.

Mis Betty. Bruder ich bitte dich um alles in der Welt, übereile uns nicht.

Eduard. Freylich übereile ich Sie, lieber Lieutenant; Ihnen ein Mädchen aufzubringen, das Sie erst seit wenig Stunden kennen. — Ich kann nicht verlangen, daß Sie mir als einen Bruder Glauben beymessen, auch Didier möchte wohl ein partheyischer Zeuge seyn. Nehmen Sie sich Bedenkzeit, erkundigen Sie sich, erforschen Sie den Charakter meiner Schwester. —

Feldberg. Das Lob, das ich schon von ihr seit meinem kurzen Aufenthalt gehöret, Ihre Physiognomie, ihr edelmüthiges Betragen gegen mich, Ihre Großmuth, alles dieses ist mir genugsam Bürge ihres guten Herzens — Und das Glück, wenn sie mich liebt, ist mehr als ich erwarten könnte.

Didier. Sie wissen noch nicht, Herr, was Sie für einen Schatz bekommen — Unser einer hätt' es nicht wagen dürfen; besonders so lange ich noch so ein Flattergeist war — Denn nun freylich bin ich auch gesetzter. Nicht wahr liebe Louise?

Mis Betty. Ich bitte Sie, mein Herr, lassen Sie uns Zeit. —

Eduard. Schwester, ich weiß du liebest ihn, bekenn' es nur, oder ich verrathe dich. —

Feld-

Feldberg. (Indem er ihr die Hand küßt) Also dürft' ich wirklich hoffen, theuerste Mis? —

Mis Betty. Ja Freund, ich liebe Sie — Aber müssen wir uns nicht besser kennen lernen. Wissen Sie wohl, daß der Schein trügt.

Madam Didier. O entschliessen Sie sich. Es ist würklich ein vortreflicher Mann, mein Freund, — Freund darf ich ja doch wohl sagen —

Didier. Nun, nun, Louise, mache mich nicht eifersüchtig! — Entschliessen Sie sich Mis. Glauben Sie, daß ich als ein alter Freund ihres Hauses Ihnen so übel rathen würde, wenn ich nicht durch das edle Lob meiner lieben Frau von seinen guten Charakter völlig überzeugt wäre.

Feldberg. Nun, Mis, darf ich bitten — Sie haben sich einmal zu meinem Glücke verwendet, machen Sie mich vollends glücklich.

Mis Betty. Nun, es sey darum! Hier ist meine Hand!

Eduard. Ich habe Ihnen das Vermögen meiner Schwester noch nicht völlig bekannt gemacht, außer 24000 Pfund, wovon ich Ihnen sagte, gehöret ihr dieses Haus, ein kleines Lusthaus, und verschiedene Gärten gemeinschaftlich. Es hängt von Ihnen ab, ob Sie hier in Amerika bleiben, oder anderwärts ihre Wohnung aufschlagen wollen.

Feldberg. Das soll von meiner lieben Betty abhangen — Doch muß ich gestehn, daß ich wünschte, meinen alten Vater wieder zu sehen, und wegen eines Unglücks, das ihn betroffen hat, zu trösten.

Mis Betty. Hören Sie Freund, ich reise mit Ihnen nach Hessen, und wenn Sie wollen, bleiben wir dort in Cassel — Wissen Sie was, ich bin so unerfahren in der Geographie nicht, daß ich nicht von dieser reizenden Residenz ihres Landesvaters gelesen haben sollte, der, wie man sagt, selbige noch täglich so geschmackvoll verschönert, und unter dessen weisen Regierung Künste und Wissenschaften vorzüglich blühen — Also, nach Cassel wollen wir — Ich bin des unruhigen Lebens in diesem Welttheil müde — Und du Bruder! Kannst dir erst eine hübsche Frau nehmen, und denn dich auch entschliessen, was du thun willst.

Eduard. Ja das will ich auch — und denn soll es auf meine liebe Hälfte ankommen, wo wir bleiben. —

Feldberg. Also, Sie wollen mit nach Cassel, liebste Braut! O wie werd' ich nun meinen alten Vater beglücken. —

Eduard. Was für einen glücklichen Erfolg hat diesesmal die Bosheit wider ihren Willen hervorgebracht. —

Feldberg. Ja wie es in einer unsrer deutschen Operetten heißet.

    Der Teufel ist ein böser Mann
    Er richtet lauter Unheil an —
    Doch oft betrügt er sich.

Didier. Ich wünsche Ihnen Glück, Herr Kamerad, und danke Ihnen, daß Sie mir ihre Louise abtreten.

Mis

Mis Betty. Und ich, Madam Didier, habe Ihnen gleiche Verbindlichkeit.

Didier. Dann kann man mit der launichten Göttin Fortuna immer zufrieden seyn, wenn sie uns gleich wieder ertsetzet, was sie uns nimmt.

Feldberg. Ich bin zufrieden, darf um meine Louise nicht mehr bekümmert seyn, sehe sie in guten Händen — und die vortrefliche Mis Betty ist mein!

Ende des dritten Aufzugs.